Clemens von Luck

Innere Kündigung in Beziehungen

Clemens von Luck

Innere Kündigung in Beziehungen

Vom allmählichen Rückzug in sich selbst

Wolfgang Krüger Verlag

Gesamtherstellung: Wagner GmbH, Nördlingen
Printed in Germany 1995
ISBN 3-8105-1132-3

Gedruckt auf chlor- und säurefreiem Papier

Inhalt

Tagebuch einer inneren Kündigung

6. Mai
Heute nacht bin ich aufgewacht und konnte nicht wieder einschlafen. Ich habe Wolf beobachtet, er hatte diese hektische Atmung im Schlaf, so als schnappe er ständig nach Luft. Plötzlich war er mir total fremd, wie er so dalag und schnaufte, und dabei ist mir sein Gesicht doch so vertraut. Ich kenne jeden Fleck seines Körpers, und trotzdem ist da eine Distanz. Irgend etwas muß passiert sein, ich kann noch nicht einmal sagen, was, aber alles ist irgendwie anders, nicht mehr so wie früher.

20. Mai
Gestern abend waren wir essen, in einem neuen Restaurant, und es war seit langer Zeit mal wieder richtig nett. Wolf hat mir von seinen Schwierigkeiten mit dem neuen Computersystem in der Firma erzählt. Es interessierte mich zwar nicht besonders, aber endlich war er mal wieder offen und zugänglich. Ich brauche das, zu wissen, was in ihm vorgeht. Später kamen dann noch Melanie und Thorsten, wir haben richtig viel Spaß gehabt.

7. Juni
Die Tage fließen so dahin, es passiert nicht viel. Wolf bastelt jede freie Minute am Wohnmobil. Er ist richtig pingelig, wenn es darum geht (beim Abwasch ist er nie so). Mein Job nervt mich im Moment. Die Arbeit stapelt sich, weil Sabine

und Kerstin im Urlaub sind. Es ist nicht in Ordnung, daß Herr Brenner beiden gleichzeitig freigegeben hat, obwohl er wußte, daß so viel zu tun sein wird. Okay, die beiden sind wegen ihrer Kinder auf die Schulferien angewiesen. Und wenn ich protestiert hätte, wäre ich die Spielverderberin gewesen. Fair finde ich es trotzdem nicht.
Wenigstens läuft es zu Hause problemlos. Ich bin zwar immer noch diejenige, die fast die ganze Arbeit im Haushalt macht, aber der Aufwand hält sich in Grenzen. Ich mache im Moment nur das Nötigste, und Wolf scheint das überhaupt nicht zu bemerken. Abends sitzen wir vor dem Fernseher und reden kaum miteinander. Dann gehe ich meistens vor ihm ins Bett, weil ich so geschafft bin. Jetzt sitzt er wieder und guckt Fußball, das interessiert mich ja nun wirklich nicht.

12. Juni
Früher habe ich immer gedacht, mir kann das nicht passieren, daß ich schweigend neben einem Mann sitze und wir uns einfach nichts zu sagen haben. Aber jetzt merke ich, daß es genau so ist. Wir sind jetzt seit sechs Jahren zusammen, und wir leben seit drei Jahren in dieser Wohnung. Alles ist klar und etabliert. Alles ist selbstverständlich, wir sind zusammen, wir leben zusammen, und das wird auch so bleiben. Ich will ja auch Sicherheit. Aber so? Manchmal denke ich daran, wie es wäre, wieder allein zu sein.
Wir haben bestimmt vier Wochen nicht mehr miteinander geschlafen. Das Merkwürdige daran ist, es stört mich überhaupt nicht. Ich bin sogar ein bißchen froh, daß ich meine Ruhe habe. Andererseits ist es ja nicht normal, wenn man keinen Sex mehr miteinander hat, einfach so, ohne Grund. Aber den Sex, den ich mir von ihm wünschen würde, bekomme ich im Moment wohl sowieso nicht.
Daß der Alltag so viele Dinge zerstören kann! Ich kann

Wolf einfach nicht mehr objektiv sehen. Merkwürdig, die Eigenschaften, wegen derer ich mich in ihn verliebt habe, die sind ja immer noch da. Und daß das Kribbeln irgendwann weniger werden würde, war auch klar. Aber jetzt kann ich nicht einmal mehr die guten Seiten an Wolf geniessen. Sein Humor, seine Warmherzigkeit, seine Fähigkeit, auf andere Menschen zuzugehen, und seine Zuverlässigkeit. Alle diese tollen Eigenschaften haben an Bedeutung verloren. Sie sind wohl noch da, aber sie sind selbstverständlich geworden.
Wenn ich zurückdenke, das war früher anders. Als ich Wolf kennengelernt habe, war ich schon drei Jahre allein, immer auf der Suche nach dem Mann meines Lebens. Natürlich gab's Affairen, aber eigentlich war mir jedes Mal schon am Anfang klar, das ist es nicht. Und als ich Wolf traf, hat's richtig geknallt. Bei uns beiden. Das war eine tolle Zeit! Ich hatte gleich ein unglaubliches Vertrauen, das Gefühl, ihn schon ewig zu kennen. Alles hat gestimmt. Wir mögen beide keinen Käse, er trinkt auch lieber Tee, er duscht morgens und nicht abends, im Urlaub kann er wie ich stundenlang am Strand liegen, wir gehen beide gerne essen, wir können uns beide wirklich gut unterhalten. Damals jedenfalls, und im Bett war es einfach unglaublich gut. Wir hatten fast jeden Tag Sex, und jedes Mal war es neu und aufregend. Er konnte mich im Sturm erobern, aber auch unfaßbar sanft sein. Wo sind deine Zauberhände geblieben, Wolf?
Das sind vielleicht alles Kleinigkeiten, aber für mich sind sie wichtig. Ich war einfach glücklich!

21. Juni
Ich glaube, es war ein Fehler, mich so auf Wolf einzustellen. Dabei wollte ich nur unsere Beziehung optimal gestalten. Anfangs hat Wolf mich auch ernst genommen, er hat mich in allen Dingen nach meiner Meinung gefragt. Ich

hatte das Gefühl, er war richtig stolz auf mich und mein organisatorisches Talent. Natürlich gab es Sachen, die ihm nicht so gefallen haben, zum Beispiel meine Klamotten. Ich habe immer gern Rot getragen, bis er mir mal gesagt hat, er findet Rot »nuttig«.

Auch wenn er es nicht so gemeint hat, er hat mich damit zutiefst gekränkt. Ich habe danach kein Rot mehr getragen.

Oder meine Haare, ich habe sie seinetwegen wachsen lassen. Auch eine Kleinigkeit, aber vielleicht bedeutet sie mehr, als ich wahrhaben wollte.

Heute habe ich das Gefühl, daß er mich und unsere Ehe nicht mehr ernst nimmt. Es passiert immer öfter, daß ich ihm vorschlage, am Wochenende etwas zu unternehmen. Er findet das dann eine prima Idee, und zwei Tage später hat er es schon wieder vergessen. Aber wenn ich ehrlich bin, frage ich ihn auch nur noch selten nach seiner Meinung. Die meisten Dinge mache ich mit mir selbst ab. Wolf glaubt, meine Probleme zu kennen, ich kenne seine Einstellung dazu, und die hilft mir selten weiter. Ich könnte losheulen, wenn ich das hier so knallhart aufschreibe, aber leider ist es die Wahrheit! Manchmal würde ich ihm am liebsten aus meinem Tagebuch vorlesen, aber ich trau' mich nicht. Ich habe Angst, daß dann alles vorbei ist.

30. Juni

Das Wetter macht mich krank, alles ist grau in grau, und ich habe seit Tagen extrem schlechte Laune. Es wird Zeit, daß wir in Urlaub fahren.

2. Juli

Vielleicht sollte ich allein wegfahren. Zum Beispiel nach Mallorca, da kenne ich mich aus. Der Gedanke an Sonne, Strand und schöne Männer (und vielleicht einen prickelnden Flirt?) stimmt mich fröhlich.

3. Juli
Ich habe Wolf gestern den Vorschlag gemacht, und er hat nur gesagt, okay, dann fährt er eben allein nach Florida. Er war überhaupt nicht gekränkt, er hat sich auch nicht aufgeregt, gar nichts. Es ist schon komisch, es war meine eigene Idee, aber jetzt bin ich enttäuscht von seiner Reaktion. Eigentlich habe ich mir wohl gewünscht, daß er mal nachgibt und einfach dahin mitfährt, wohin ich will.
Heute abend machen wir ein großes Essen mit unseren Freunden. Ich freue mich schon darauf, sie alle wiederzusehen.

Immer noch 3. Juli
Das Essen war eine Katastrophe. Es fing schon so schrecklich an, als ich mich zurechtgemacht habe. Ich hab mein schwarzes Minikleid angezogen, weil ich richtig gut aussehen wollte. Als Wolf mich sah, guckte er mich nur abschätzend an und meinte, daß Mini megaout sei und ich außerdem keine 28 mehr.
Ich hab mich im Badezimmer eingeschlossen und geheult. Es war absolut schrecklich, am liebsten hätte ich alles wieder abgesagt und mich ins Bett verkrochen. Aber das ging ja nicht mehr. Also habe ich mir das Gesicht gewaschen und mich genau im Spiegel betrachtet. Okay, ich bin tatsächlich keine achtundzwanzig mehr, aber so alt bin ich ja nun auch noch nicht. Oder wirke ich tatsächlich lächerlich in so einem kurzen Rock? Ich war plötzlich so unsicher, es war schrecklich.
Ich habe den Mini dann doch anbehalten, aus Trotz, obwohl ich mich nach Wolfs Kommentar extrem unwohl darin gefühlt habe. Der Abend konnte eigentlich nur noch katastrophal werden, und so kam es dann auch. Ich habe die Fassade gewahrt, indem ich so getan habe, als wenn alles in bester Butter sei. Ich hätte es einfach nicht ertragen,

daß auch noch unsere Freunde sehen, wie wir miteinander umgehen. Oder besser: nicht umgehen. Wolf hat auch so schon kaum ein Wort mit mir gesprochen, es war unübersehbar.

Das Essen war auch noch mißlungen, die Nudeln waren zu weich, und die Salatsoße schmeckte nach nichts. Einfach grauenhaft. Alle sind auch sehr früh gegangen. Als sie weg waren, wollte ich noch mit Wolf reden, aber er druckste nur herum, daß er total müde sei, und dann ging er ins Bett.

Ich schreibe hier auf der Couch, zwischen den ganzen dreckigen Gläsern. Ich habe keine Lust mehr, immer gleich alle Spuren wegzuräumen. Ich will keine gute Miene mehr zum bösen Spiel machen! Neben Wolf kann ich mich jetzt nicht legen, das geht einfach nicht. Und allein kann ich nicht einschlafen. Die Gedanken kreisen in meinem Kopf. Ich bin ein bißchen betrunken, weil ich mir eben noch einen doppelten Whiskey 'reingeschüttet habe. Ich fühle mich mies!

Ich muß dauernd an meine Eltern denken. Die haben in meinen Augen eine entsetzliche Ehe geführt. Nach außen war immer alles blitzsauber und in bester Ordnung, aber in Wirklichkeit haben sie völlig nebeneinander hergelebt. Alles war durchorganisiert bei ihnen, selbst an den Wochenenden auf unserem Campingplatz stand pünktlich um eins das Essen auf dem Tisch. Sie haben kaum miteinander geredet, der Fernseher lief jeden Abend. Wenn mein Vater überhaupt da war. Ich habe mich oft gefragt, warum die beiden zusammenbleiben, sie hatten ja fast nichts mehr miteinander zu tun. Wahrscheinlich haben sie sich meinetwegen nicht scheiden lassen. Ich habe mir immer vorgenommen, nie so eine Beziehung zu führen. Heute ist wohl der Tag, an dem ich mir eingestehen muß, daß das, was Wolf und ich in letzter Zeit machen, gar nicht so viel anders ist.

Im Grunde war es schon in früheren Beziehungen so: Immer wenn ich mich engagiert habe, wurde ich zurückgewiesen. Immer dann, wenn ich mich wirklich geöffnet habe, dann wurde ich zutiefst verletzt. Bei Stefan war das auch so. Solange er mich noch erobern konnte, war alles gut. Aber in dem Moment, als ich anfing, ernsthaft auf ihn zuzugehen, hat er abgeblockt. Er hat sich einfach nicht mehr gemeldet. Punkt. Ohne ersichtlichen Grund, egal was ich versucht habe. Ich bin regelrecht hinter ihm hergelaufen, es war demütigend. Wenigstens habe ich zuerst den Absprung geschafft, so konnte ich noch einen Rest von Stolz behalten.
Mit Wolf gab es früher auch schon Situationen, die ähnlich waren. Zum Beispiel, als es ums Zusammenziehen ging. Er hatte vorher immer gesagt, daß er es sich auch wünschen würde. Aber als ich dann aktiv wurde und die Annoncen sichtete, meinte er, daß wir uns bei der Marktlage keine neue Wohnung leisten können. Also bin ich irgendwann zu ihm gezogen. Und statt sich daran zu beteiligen, die Wohnung neu zu gestalten, war er in den ersten Wochen völlig unterkühlt zu mir. Ich kam mir wie ein Eindringling in sein Reich vor, und das habe ich ihm auch gesagt. Aber er hat es natürlich abgestritten. Dieser feige Kerl!
Oder als er sich letztes Jahr ohne Vorankündigung den offenen BMW gekauft hat. Dabei hatten wir beschlossen, für vier Wochen Mauritius im nächsten Jahr zu sparen. Jeder für sich. Ich mochte es ihm nicht so direkt sagen, weil er so glücklich war mit der blöden Karre, aber eigentlich war es für mich ein echter Vertrauensbruch.
Oder als es ums Heiraten ging. Wenn ich daran denke, kommt mir jetzt noch die Galle hoch. Unsere Hochzeit war bereits beschlossene Sache, und ich hatte meine Eltern schon eingeweiht, als er plötzlich still und heimlich im Urlaub heiraten wollte. Bloß kein Tamtam, meinte er. Aber

heute glaube ich, er hat einfach nicht richtig zu mir gestanden. Manchmal denke ich sogar, er hat mich nur geheiratet, weil er mit einer Beamtin als Ehefrau seine Pension schon sicher hat.
Überhaupt, immer wenn es ernst wurde und ich Wolf wirklich mal gebraucht habe, war er nicht da. Als ich im Streß mit meinem Examen steckte, fuhr er sechs Wochen nach Griechenland. Als ich vorletztes Jahr mit der Eierstockentzündung im Bett lag, mußte er unbedingt diese Fortbildung mitmachen, die ihm nachher sowieso nicht viel gebracht hat. Und als mein Vater starb und ich meine Mutter für die ersten Wochen zu uns holen wollte, ist er zu seinem Freund Ralf gezogen, weil er meinte, sonst nicht genug Ruhe für seine Arbeit zu haben.
Wolf will bemuttert werden, wenn es ihm schlecht geht, und ansonsten seine Ruhe. Ich will aber nicht nur seine Putzfrau und Glucke sein, dafür bin ich mir zu schade. So, jetzt höre ich auf zu schreiben, bevor ich mit meinem betrunkenen Kopf noch ausfallend werde.
(Ich freue mich auf meinen Urlaub. Am 20. Juli geht es los, ich hab mir ein süßes kleines Appartement in Cala Figuera gemietet. Vielleicht lerne ich ja einen knackigen Strandläufer kennen!)

5. Juli
Es ist halb neun abends, und Wolf ist immer noch nicht da. Ich wollte mit ihm reden, über das Essen und die Geschichte mit dem Minikleid. Aber er ist nicht da. Hat er eine Freundin? Ich habe darüber nie nachgedacht, weil ich ihm blind vertraute. Komisch, der Gedanke daran macht mir nicht einmal viel aus. Wenn er eine Affäre hätte, was würde das ändern? Es würde nur klarer werden, daß zwischen uns etwas nicht stimmt. Aber darüber möchte ich momentan nicht nachdenken. Das Warten macht mich

krank, ich fahre jetzt zu Monica, meiner einzigen Freundin aus der Zeit vor Wolf.

6. Juli
Der Abend gestern mit Monica war richtig gut, wir haben uns prima unterhalten. Ich habe mich mal so richtig ausgeheult, und sie hat einfach zugehört. Das hat mir geholfen, denn beim Tagebuchschreiben allein, da dreht man sich ziemlich leicht im Kreis. Es ist schon gut, daß mal jemand anderes sagt, wie er uns sieht.
Monica meinte, daß ich nicht allein wegfahren solle, Wolf sei bestimmt deshalb so komisch zu mir. Und ich solle mal aus meiner Festung raus, nicht immer so cool sein, nach außen hin würde ich total aufgeräumt und unnahbar wirken. Das hat mich überrascht, ich habe nie gedacht, daß ich diesen Eindruck auf andere mache. Monica meinte auch, ich solle mal wieder auf Wolf eingehen, weil sich die Fronten sonst nur weiter verhärten würden, und daß ich mit Wolf im Vergleich zu anderen Männern doch einen guten Partner hätte. Sie jedenfalls wäre froh, wenn sie mit jemandem wie Wolf zusammen wäre. Na ja, kein Wunder, ihr Bernd ist ja nun wirklich extrem schwierig.
Vielleicht hat sie ja recht, aber ich bin schon viel zu viel auf Wolf eingegangen. Ich bin doch keine Puppe, mit der er machen kann, was er will.
Als ich nach Hause kam, lag Wolf im Bett und hat gelesen. Er hat mich nur kurz gefragt, wo ich war, und sich dann wieder abgewendet. Ich hab mich ausgezogen, neben ihn gelegt und darauf gewartet, daß er irgend etwas sagt oder macht. Aber er hat weitergelesen und fünf Minuten später das Licht ausgemacht. Einerseits habe ich mich darüber geärgert, andererseits war ich auch ein bißchen erleichtert. Ich habe immer noch ziemlichen Bammel vor dem Gespräch. Ich bin wieder aufgestanden und habe mir in der

Küche den Rest Nudeln warm gemacht, einen riesigen Berg. Was Wolf und ich da machen, ist wirklich nicht das, was ich mir für mein Leben vorgestellt habe. Ich weiß bloß nicht, wie es anders laufen soll. Was ist überhaupt passiert? Habe ich mich verändert? Hat er sich verändert? Auf jeden Fall ist es anders geworden, extrem anders. Von Gemeinsamkeit kann man bei uns kaum noch sprechen. Für mich muß aber eine Beziehung Gemeinsamkeiten haben, sonst ist es ja eine reine Zweckgemeinschaft.
Aber die Alternative? Wieder allein, womöglich in so einem kleinen Single-Loch, eine große Wohnung kann ich mir jedenfalls allein nicht leisten. Wieder auf die Piste und gucken, welcher Mann vielleicht etwas für mich sein könnte. Und am Schluß treffe ich doch wieder einen zweiten Wolf oder einen zweiten Stefan. Und was würde mit unseren Freunden? Wolf und ich haben fast nur noch gemeinsame Freunde, wie würden die sich verhalten? Wahrscheinlich würden sie nicht unbedingt zu mir halten, wenn ich mich trenne.
Ich mag nicht mehr weiter darüber nachdenken. Vielleicht kann ich jetzt schlafen.

9. Juli
Gestern haben wir endlich wieder miteinander geredet. Ich hatte sein Lieblingsessen gemacht, Leber auf Berliner Art, obwohl mir dabei fast schlecht geworden ist. Als er kam und den Duft roch, lächelte er und gab mir einen Kuß. Ernsthaft! Die kleine Hausfrau hat dem großen Meister eine Freude bereitet, und die belohnt er jetzt. Aber egal, das ist ein anderes Thema.
Nach dem Essen habe ich ihn gefragt, was mit ihm los ist. Ob er mich noch liebt. Er sagte ja, natürlich würde er mich lieben. Das sei doch klar. Ich sagte ihm, daß ich ihn auch noch lieben würde, aber ich bin mir nicht ganz sicher, ob

das wirklich stimmt. Ich habe ihn dann nach der Geschichte mit dem Minikleid gefragt, und er hat sich entschuldigt. So einfach ist das für ihn.
Ich habe ihn dann noch gefragt, ob wir nicht vielleicht doch zusammen wegfahren sollten, mal wieder richtig Zeit miteinander verbringen, in einer entspannten Situation, mit Sonne und Meer und Strand. Er hat mich nur ganz komisch angeguckt und meinte dann, jetzt hätte er alles für Florida geplant, und es sei wirklich schwierig, da noch einen Platz für mich zu finden. Außerdem fände er es ganz gut, wenn wir mal ein bißchen Abstand voneinander hätten. Da mußte ich doch schlucken, obwohl es ja meine Idee gewesen ist.
Alles in allem war der Abend trotzdem wirklich richtig nett. Im Bett habe ich mich dann an ihn gekuschelt und ihn gestreichelt, und wir haben miteinander geschlafen. Es war ein bißchen wie früher. Hinterher fühlte ich mich jedenfalls viel besser. Im Moment denke ich, das wird schon irgendwann wieder etwas mit uns. Wir haben eben eine schlechte Phase, aber unsere Basis ist doch in Ordnung. Wir verstehen uns blind im Alltag, und er sagt, daß er mich liebt. Ich freue mich schon, wenn er gleich vom Sport kommt. Manchmal träume ich davon, daß wir uns erst seit gestern kennen und Wolf mich verführt. Mit allem drum und dran, so wie früher.

25. Juli
Ich sitze auf meinem kleinen Balkon in Mallorca und genieße die milde Nacht. Es ist so schön hier, es tut mir wirklich gut, mal was anderes zu sehen. Ich bin schon fast eine Woche hier und habe noch niemanden kennengelernt. Hier sind sehr viele Pärchen, und irgendwie habe ich auch Sehnsucht nach Wolf. Aber ich glaube, ich habe nur Sehnsucht, weil ich keine Lust mehr aufs Alleinsein habe. Schon

das Essengehen ist überhaupt nicht komisch. Dabei hatte ich es mir so toll vorgestellt, mal wieder Zeit nur für mich zu haben. Jetzt habe ich die Zeit und weiß gar nicht, was ich damit anfangen soll.
Eigentlich hatte ich sogar eine kleine Urlaubsaffäre eingeplant. Gelegenheiten gäbe es genug, aber keiner der Männer hier reizt mich. Was ist nur mit mir los?
Ich habe viel Zeit zum Nachdenken. Die letzten Tage mit Wolf vor dem Urlaub waren ganz nett, aber insgesamt gesehen sind wir doch ganz schön weit voneinander entfernt. Nach dem Mittwoch, an dem wir zusammen geschlafen haben, waren wir beide freundlich zueinander. Aber es ist ein Abstand da, das spüre ich. Er macht seine Sachen und ich meine. Ich war zweimal mit Monica unterwegs, obwohl das auch ziemlich langweilig war. Ich bin nun mal kein Single, und das Rumstehen und Anbaggern in irgendwelchen Bars, das habe ich hinter mir.

28. Juli
Heute nachmittag war im Appartement nebenan reichlich was los. Da wohnen David und Glenn aus England. Erst haben sie sich unheimlich gestritten, ich habe nicht viel verstanden, weil mein Englisch nicht so perfekt ist, aber es ist ziemlich laut geworden. Jetzt, zwei Stunden später, sitzen sie schon wieder friedlich auf dem Balkon und essen zu Abend, als wäre nichts gewesen. Langsam glaube ich, daß es die große Liebe für immer und ewig einfach nicht gibt.

30. Juli
Noch vier Tage, dann bin ich wieder zu Hause. Endlich! Dieser Urlaub war nicht das, was ich mir vorgestellt hatte. Ich glaube, ich kann einfach nicht besonders gut allein sein. Ich habe in Gedanken das Für und Wider einer Trennung

von Wolf ernsthaft durchgespielt. Er ist zwar nicht mehr der Traummann, für den ich ihn mal gehalten habe, aber daß ich den jemals treffen werde, bezweifle ich. So attraktiv bin ich auch nicht mehr, daß mir die tollen Männer dieser Welt die Tür einrennen, außerdem sind die wirklich guten längst unter der Haube. Ich suche auch gar nicht mehr nach der wilden Romanze, das ist mir hier klargeworden (insofern ist schon etwas dran, daß Mini-Klamotten nicht mehr so zu mir passen). Ich will eine funktionierende Beziehung. Wolf und ich sind ein gut eingespieltes Team, abgesehen von ein paar Macken, und die hat ja wohl so ziemlich jeder. Mein Entschluß steht jedenfalls fest: Ich werde mich nicht von Wolf trennen, aber ich will mich auch nicht mehr so vereinnahmen lassen von seinen Stimmungen. Denn je mehr ich mich um ihn kümmere oder mich für unsere Ehe stark mache, desto weniger bekomme ich zurück. Manchmal denke ich, ich könnte genausogut mit einer Parkuhr reden. Beschlossene Sache. Ich werde mich ab jetzt um meine Sachen kümmern, und dann werden wir ja sehen, wer den längeren Atem hat. Vielleicht wird es so wieder besser.

9. August
Ich bin wieder zu Hause. Es ist schön, wieder in vertrauter Umgebung zu sein. Wolf hat offensichtlich noch die Wohnung aufgeräumt, bevor er nach Florida geflogen ist, und es gibt endlich wieder anständiges Brot zu essen. Natürlich war dann doch alles ganz anders, als ich es mir ausgemalt hatte. Ich war zwei Tage eher da als Wolf, also habe ich ihn vom Flugplatz abgeholt. Ich war sogar ein bißchen aufgeregt. Er sah gut aus, braungebrannt und schlanker. Als er mich sah, lächelte er und winkte mir zu. Er gab mir einen Kuß, und wir gingen ziemlich wortlos zum Auto. Er fragte mich, wie es bei mir gewesen sei, und ich habe extrem kurz geantwortet.

Ich hatte überhaupt keine Lust, ihm mehr zu erzählen, obwohl ich mir so viel zurechtgelegt hatte, was ich ihm zu unserer Beziehung sagen wollte. Aber wozu? Um gleich wieder die alte miese Stimmung hochkommen zu lassen? Wolf war nämlich total aufgekratzt, schwärmte von Florida und von dem Cabrio, das er sich dort geliehen hatte. Er sagte auch, wir müßten unbedingt nochmal zusammen hinfahren. Komischerweise hat es mich überhaupt nicht gefreut. Wahrscheinlich, weil es sowieso wieder nichts wird. Wie immer bei seinen Versprechen. Es kam mir fast vor, als würde ich einen guten Bekannten abholen. Am liebsten hätte ich mich gleich ins Bett gelegt und gelesen. Das hat er wohl auch gemerkt, und sich zu Hause sofort auf seine Post gestürzt. Über meine kurzen Haare hat er nur gesagt: »Ach, hast du dir die Haare mal wieder abschneiden lassen?« Sehr originell! Wir haben auch miteinander geschlafen. Ich hatte keine rechte Lust, aber Wolf war richtig aufgedreht. Ich habe mich dann doch rumkriegen lassen, auch weil wir uns über drei Wochen nicht gesehen hatten. Entsprechend war es dann auch. Er hat sich ausgetobt und ich habe so getan, als wenn es mir auch Spaß machen würde. Einen Orgasmus vortäuschen, daß mir das noch einmal passieren würde! Aber ich wollte einfach keine zähe Diskussion darüber, warum ich jetzt keine Lust habe. Dabei wäre ja sowieso wieder nichts herausgekommen.

13. September
Ich habe lange nichts mehr ins Tagebuch geschrieben, es gab nichts Interessantes zu berichten. Gestern hatte Wolf Geburtstag. Seine Mutter kam am Nachmittag zum Kaffee, abends ein paar Freunde. Es ist schon merkwürdig, wie wir als Paar auf andere wirken. Bettina meinte sogar, wie toll sie unsere Ehe findet, wir würden einen so ausgeglichenen und harmonischen Eindruck machen.

Nach außen wirke ich wohl immer noch wie die liebende Ehefrau. Wenn die wüßten ... Aber ich will einfach nicht, daß fremde Leute erfahren, wie es wirklich um unsere Ehe steht und sich einmischen. Mir reicht schon, daß Wolfs Mutter ständig nachbohrt. Die ist ja nun eindeutig auf seiner Seite. Das hat sie auch gestern wieder durchblicken lassen. Sie hat ein riesiges Tortensortiment mitgebracht, obwohl ich ihr gesagt hatte, daß ich backen würde. Später hat sie mal wieder davon erzählt, wie sie ihrem Mann damals geholfen hat, das Geschäft aufzubauen. Ich habe dabei immer das Gefühl, sie will mir zu verstehen geben, daß ich mich zu wenig um Wolf kümmere. Wenn es nach ihr ginge, sollte ich wahrscheinlich meinen eigenen Beruf aufgeben (obwohl sie gleichzeitig sagt, wie sehr sie mich darum beneidet, die falsche Schlange!), zwei oder drei Kinder bekommen und ansonsten nur noch Wolf für seine Karriere den Rücken stärken. Das ist das Allerletzte, was ich will. Und Wolf, der Pascha, futtert ihre Torte und sagt mal wieder nichts dazu. Von mir bekommt er jedenfalls ab jetzt keinen Handschlag extra mehr. Soll er sich seine Unterhosen doch selbst kaufen!

Zwischen Paradies und Abwasch

Wir wissen von der und der, weil Briefe da sind, die wie durch ein Wunder sich erhielten, oder Bücher mit anklagenden oder klagenden Gedichten, oder Bilder, die uns anschauen in einer Galerie durch ein Weinen durch, das dem Maler gelang, weil er nicht wußte, was es war. Aber es sind ihrer zahllos mehr gewesen; solche, die ihre Biefe verbrannt haben, und andere, die keine Kraft mehr hatten, sie zu schreiben. Greisinnen, die verhärtet waren, mit einem Kern von Köstlichkeit in sich, den sie verbargen. Formlose, stark gewordene Frauen, die, stark geworden aus Erschöpfung, sich ihren Männern ähnlich werden ließen und die doch innen ganz anders waren, dort, wo ihre Liebe gearbeitet hatte, im Dunkel. Gebärende, die nie gebären wollten, und wenn sie endlich starben an der achten Geburt, so hatten sie die Gesten und das Leichte von Mädchen, die sich auf die Liebe freuen. Und die, die blieben neben Tobenden und Trinkern, weil sie das Mittel gefunden hatten, in sich so weit von ihnen zu sein wie irgend sonst; und kamen sie unter Leute, so konnten sies nicht verhalten und schimmerten, als gingen sie immer mit Seligen um. Wer kann sagen, wie viele es waren und welche. Es ist, als hätten sie im voraus die Worte vernichtet, mit denen man sie fassen könnte.

Rainer Maria Rilke

Es fing damit an, daß Bernd zum dritten Mal vergessen hatte, den neuen Roman von García Márquez abzuholen. Obwohl er es ihr fest versprochen hatte und auf dem Nachhauseweg ohnehin an der Buchhandlung vorbeikam. Sie hatte nicht einmal fragen müssen, er hatte es von sich aus angeboten. Sybille stellte ihn mit knappen, aber deutlichen Worten zur Rede. Sie war wütend, zugleich aber auch erledigt von der 12-Stunden-Schicht im Krankenhaus und hatte deshalb überhaupt keine Lust auf eine dieser im Grunde überflüssigen Debatten, die doch nur in neuen, meistens unerfüllten Versprechen seinerseits endeten. Als Bernd dann noch auf seine spitzbübische Art, die sie früher so süß an ihm fand, den Schuldbewußten mimte, platzte es aus ihr heraus. Sie wurde nicht einmal laut dabei. »Ich denke, es ist besser, wenn wir uns trennen«, hörte sie sich kühl und bestimmt sagen und wunderte sich im gleichen Atemzug über sich selbst. Den verduzten Gesichtsausdruck von Bernd wird sie wohl nie vergessen. Am nächsten Vormittag täuschte sie bei der Arbeit eine heraufziehende Grippe vor, packte zu Hause die nötigsten Sachen und zog zu einer Freundin.

Rasmus schrieb seiner Frau einen dieser merkwürdigen Zettel, die man auf dem Küchentisch liegen läßt: »Gib mir Zeit, ich muß erst einmal über uns nachdenken. Ich melde mich.«
Er hatte einfach nicht den Mut aufgebracht, ihr ins Gesicht zu sagen, was er fühlte. Oder besser, was er nicht mehr fühlte. Der Brief traf Kathrin wie ein Tornado einen blühenden Tulpengarten. Bis zu diesem Morgen hätte sie schwören können, ihre Ehe sei gefestigter als je zuvor. Sie waren gerade in ihr Traumhaus eingezogen, hatten sich komplett neu eingerichtet. Kathrin war im dritten Monat schwanger, ihr Wunschkind war unterwegs. Und dann dieser alles- und nichtssagende Zettel! Was war in ihren sonst durchaus verantwortungsbewußten Mann gefahren? Was hatte sie ihm getan? Hatte er eine andere Frau kennengelernt? Tage und Nächte weinte und fluchte sie abwechselnd. Immer wieder suchte sie in ihrer Erinnerung nach Anlässen oder zumindest Anzeichen, die sie übersehen haben mußte. Aber sie konnte nichts finden. Beim besten Willen nicht.

Andrea benahm sich sehr seltsam nach der vierten Affäre von Michael. Jedenfalls aus seiner Sicht. Irgendwie bedrohlich abgeklärt. Sie machte ihm keine Szene wie sonst, schrie ihn nicht an, weinte nicht, machte nicht einmal mehr spitze Bemerkungen darüber, wie kindisch sie sein kurzatmiges Balzverhalten fand. Statt dessen drängte sie ihn, zu seiner neuen Geliebten »oder sonstwohin« zu ziehen. Und als Michael verblüfft entgegnete, daß er das überhaupt gar nicht wolle, antwortete sie nur: »Aber ich.«

Als Ingrid ihren Mann nachts um halb drei weckte und ihm mit zittriger Stimme eröffnete, daß sie sich nach elf Ehejahren von ihm scheiden lassen wolle, weil sie in einen anderen Mann verliebt sei, reagierte er zuerst gar nicht. Nach langem Schweigen fragte er das Übliche: Wer ist es, wo habt ihr euch kennengelernt, wie lange geht das schon? Nur die Frage nach dem Warum, für die sie sich schon tausend und eine Erklärung zurechtgelegt hatte, kam nicht über seine Lippen, statt dessen eine Antwort, die Ingrid am wenigsten erwartet hätte: »Das mit der Scheidung geht in Ordnung, aber laß uns das morgen in aller Ruhe besprechen.«

Vier Trennungsgeschichten, wie sie kaum unterschiedlicher sein können. Die Namen sind frei erfunden, die Handlungen nicht. Jede für sich von schmerzhafter Einmaligkeit, und doch ähneln sie sich in einem entscheidenden Punkt: Der Wunsch nach Trennung kam völlig überraschend. Im wahrsten Sinne »aus heiterem Himmel«, zumindest für einen der beiden. Die Vermutung liegt deshalb nahe, daß einiges mehr dahinterstecken muß. Wie sonst könnte eine scheinbare Belanglosigkeit zum Trennungsgrund werden oder eine bislang geduldete, unbedeutende Affäre plötzlich die eine zuviel sein? Warum sonst sollte jemand vor einer allem äußeren Anschein nach harmonischen Lebenssituation Hals über Kopf fliehen? Und wie kann ein Mann lapidar sein Okay geben und weiterschlafen, obgleich ihm seine Frau gerade den ehelichen Boden unter den Füßen weggezogen hat?

Tatsächlich erwies sich in späteren Gesprächen mit Freunden, dem Expartner oder wie im Fall von Andrea einem Therapeuten, daß die Beteiligten über lange Zeit gewaltige seelische Lasten mit sich herumgetragen und Entscheidungen vor sich hergeschoben hatten. »Ich bin mindestens hundert Beziehungstode gestorben und habe nichts davon gemerkt«, sagt Andrea heute. Schritt für Schritt hatte sie Michael die Partnerschaft gekündigt – allerdings ohne ihn davon in Kenntnis zu setzen. Ihr fehlte der Mut, ihre »große Liebe« konkret zu gefährden. Außerdem fühlte sie sich seinen Argumentationen, Ausflüchten und Beteuerungen grundsätzlich unterlegen. Also behielt sie für sich, daß ihr die gemeinsamen Lebensperspektiven längst abhanden gekommen waren. Im Glauben daran, daß es sich nur um eine ganz normale, vorübergehende Krise handelte, hatte sie die innere Kündigung vollzogen. Die reale, endgültige Trennung war für sie nur der erlösende Schlußpunkt einer langen, heimlichen und quälerischen inneren Abkehr. Besonders deutlich wurde ihr das Dilemma, als sie bei einem Treffen mit Michael drei Monate später plötzlich sehr offen über all die Konflikte und Verletzungen sprechen konnte, die zum großen Schweigen zwischen ihnen herangewachsen waren.

Ob eine der vier beschriebenen Ehen und Partnerschaften zu »retten« gewesen wäre, wenn die zentralen Probleme frühzeitig zum Thema gemacht worden wären, kann im nachhinein schwerlich geklärt werden. Sicher aber hätten sie ohne innere Kündigung eine bessere Chance gehabt.

Innere Kündigung beginnt immer mit einem Rückzug – weil der Partner sich als übermächtig entpuppt, gemeinsame Perspektiven verlorengehen, Hoffnungen enttäuscht werden oder Alternativen nicht erkennbar sind –, und sie endet mit einer Fassade, die den Zugang zu den eigenen Bedürfnissen und dem Gegenüber mehr und mehr versperrt. Wer innerlich kündigt, zieht sich in sich selbst zurück und baut einen möglichst undurchdringlichen Schutzwall um sich herum auf. Er verzichtet aus Scham oder weil er den erworbenen Lebensstandard nicht aufgeben will, aus Furcht vor »unlösbaren« Streitpunkten und letztlich aus Angst vor einschneidenden Konsequenzen auf die Durchsetzung seiner ganz persönlichen Interessen und Vorstellungen. Der innerlich Gekündigte hat sich im Grunde selbst aufgegeben. Und damit er wenigstens nicht erschüttert, angegriffen oder bloßgestellt werden kann, vergräbt er sich in einen Berg aus Rechtfertigungen, vor sich selbst und anderen. Irgendwann, in fortgeschrittenem Stadium, gibt es nur noch das eine starke Interesse, daß »alles beim Alten bleibt«, daß der Schutzwall hält.

»Ich komme einfach nicht mehr an ihn/sie heran« ist eine typische Äußerung für jemanden, der mit einem innerlich Gekündigten zusammenlebt. »Innere Emigranten leiden und ›stoffwechseln‹, ohne andere zu stören, vor sich hin«, schreibt Wilfried Echterhoff in seinem Buch *Wieder Freude am Beruf*. Daß dabei das eigene Glück und alle Chancen zur Veränderung auf der Strecke bleiben, wird vom Betroffenen oft nicht wahrgenommen, und je weiter sich die innere Kündigung als Grundhaltung festgesetzt hat, desto größer der Widerstand gegen die Erkenntnis, daß sich etwas ändern muß. Hinter dieser »Verpuppung« des innerlich Gekündigten steckt das ursprüngliche Empfinden von Ohnmacht und Hilflosigkeit, sich selbst oder den äußeren Umständen gegenüber.

Aus den verschiedensten Gründen verweigert der Betroffene mögliche Veränderungen – weil die Angst vor Verlust größer ist als der Frust, »sonst ja alles in Ordnung ist« oder weil es vermeintlich nur noch schlimmer kommen kann.

Innere Kündigung wird noch nicht sehr lange als eigenes Phänomen angesehen, wohl auch, weil sie so leise und schwer durchschaubar daherkommt. Die Erfinder des Terminus innere Kündigung, ein Arbeitskreis der Führungsakademie in Bad Harzburg (»Harzburger Modell«), meinten damit vor gut zehn Jahren ausschließlich die berufliche Komponente, und sie waren noch ziemlich unsicher, was die Erklärung der Gründe betraf. Vor allem monierten sie charakterliche Schwächen von innerlich gekündigten Arbeitnehmern, die sich ihrer Meinung nach egoistisch, lustlos und mimosenhaft verhielten.
Bald darauf entdeckte man allerdings, daß die Gründe nicht nur bei den Betroffenen zu suchen sind, sondern viel eher noch in den Arbeitsbedingungen um sie herum. Geradezu klassisch die Übermacht eines Chefs, der das Engagement seines Mitarbeiters permanent ignoriert und ihn damit auf lange Sicht in eine resignative Trotzhaltung drängt. Bei bis zu fünfzig Prozent, schätzen einige Wirtschaftsexperten, liegt die innere Kündigungsrate in deutschen Unternehmen. Rund die Hälfte der erwachsenen Arbeitnehmer sehen demnach keinen Sinn (mehr) darin, sich an ihrem Arbeitsplatz zu engagieren – eine Zahl, die zu denken geben muß. Das Fatale daran ist, daß im Grunde niemand glücklich mit dem berüchtigten »Dienst nach Vorschrift« ist. Der Betroffene nicht, weil ihn seine Arbeit nicht zufriedenstellen kann; das Unternehmen nicht, weil ihm das Engagement und die Kreativität des Mitarbeiters verlorengehen.
Wilfried Echterhoff nennt acht Anzeichen innerer Kündigung im Beruf:

Ein Mitarbeiter hat innerlich gekündigt, wenn er
- sich aus internen Auseinandersetzungen grundsätzlich heraushält,
- zum typischen Ja-Sager geworden ist,
- sich stets auf die Seite der Mehrheit stellt,
- keine Vorschläge und keine Kritik mehr einbringt,
- zum angepaßten Konformisten geworden ist,
- Entscheidungen von Vorgesetzten kommentarlos akzeptiert,
- Eingriffe in seinen Kompetenzbereich widerstandslos hinnimmt,
- seine Kompetenzen nicht mehr ausschöpft.

In der Partnerschaft dürfte es kaum anders sein, auch wenn hier die empirischen Zahlen fehlen. Fest steht: Auch hier kann die Übermacht des einen den Partner zur trotzigen »Ohnmacht« in einzelnen Punkten und schließlich in die innere Kündigung treiben. Und auch hier kann keiner von beiden wirklich glücklich werden. Der innerlich Gekündigte nicht, weil er auf Sparflamme lebt und liebt und seine Bedürfnisse so lange verleugnet, bis er selbst nicht mehr an ihre Existenz glaubt; sein Partner nicht, weil er kein echtes Gegenüber mehr hat.
Ein Lebenspartner hat innerlich gekündigt, wenn er
- kein Interesse mehr an Auseinandersetzungen hat,
- die wichtigen Entscheidungen regelmäßig dem anderen überläßt,
- sich immer dann in seine persönliche Fluchtburg (Fernseher, Couch, Garten, Küche) zurückzieht, wenn es kritisch wird,
- keine Vorschläge mehr macht und alle Versuche des anderen, gemeinsame Aktivitäten anzuregen, abblockt,
- gemeinsame Interessen und Hobbys vernachlässigt,
- keine Wünsche oder Erwartungen mehr äußert,

– Eingriffe in Bereiche zuläßt, die er früher zu seinen Aufgaben gezählt hat.

Natürlich gibt es viele und auch gute Gründe, sich von bestimmten Ansprüchen an den Partner zu verabschieden. Wohl jeder kennt diese Art von resignativem Selbstschutz. Man gibt Idealvorstellungen auf, um nicht von Umständen aufgerieben zu werden, von denen man weiß, daß sie unumgänglich sind. Keine passionierte Joggerin würde beispielsweise ernsthaft von ihrem übergewichtigen Lebensgefährten verlangen, trotz seiner Abneigung gegen Sport mit ihr in seiner Freizeit für den nächsten Marathonlauf zu trainieren. Niemand wird den Enthusiasmus haben, seinen an Kunst nicht interessierten Partner immer wieder neu zu überreden, die Sonntagvormittage doch für Museums- und Vernissagenbesuche zu reservieren.
Don Quixote läßt grüßen – bei manchen Dingen lohnt das Engagement nicht, wer sich daran aufreibt, kann nur verlieren. Insofern ist die innere Kündigung oft auch eine Gratwanderung, ein Balancieren zwischen selbstquälerischer Resignation auf der einen und einem Selbstschutz vor Über- und Unterforderung, vor Verletzungen und Frustration auf der anderen Seite.
In diesem Buch geht es nicht so sehr darum, ob eine innere Kündigung berechtigt oder unberechtigt ist. Schuldfragen können und sollen hier nicht geklärt werden. Es geht vielmehr um das Machbare, Veränderbare und eine mögliche Wende zum Besseren. Wenn schon nicht für die bestehende, dann zumindest für die nächste Partnerschaft. Denn innere Kündigungen haben zumeist konkrete Gründe. Im Gegensatz zum bekannten Burn-out-Syndrom, dem Gefühl allgemeinen Ausgebranntseins, sind bei der inneren Kündigung mehr oder weniger deutliche Spuren und konkrete Anlässe ausfindig zu machen.

Burn-out und innere Kündigung haben mitunter ähnliche Gefühlszustände und Befindlichkeiten zur Folge, in den Konsequenzen aber sind sie nahezu gegensätzlich. Herbert Freudenberger und Gail North nennen in ihrem Buch *Burn-out bei Frauen* den »gemeinsamen Nenner« der unterschiedlichen Erscheinungsformen von Burn-out: »Die übliche Reaktion auf Streß ist, sich noch mehr anzustrengen, sich noch mehr ›zusammenzunehmen‹ und auf Erschöpfungssymptome zu reagieren wie auf Feinde, die es zu schlagen gilt.« Im Gegensatz dazu reagiert der innerlich Gekündigte lieber gar nicht. Er stellt sich tot, bemüht sich aber mit allen Kräften, nicht dabei ertappt zu werden. Typischerweise findet man Burn-out-Geschädigte überwiegend in helfenden Berufen wie in der Altenpflege oder der Sozialarbeit, in denen das emotionale Engagement unmittelbar zum Berufsbild gehört. Innere Kündigung dagegen hat den idealen Nährboden eher in großen, unübersichtlichen Unternehmen und Behörden, in denen das Engagement des einzelnen in Form von Sachkompetenz und als reibungslose Einbindung in feststehende Hierarchien gefordert ist – und in Partnerschaften oder Ehen, die der Berufswelt vergleichbare Strukturen haben können. Burn-out ist ein allgemeines »Zuviel«, ein Überengagement. Innere Kündigung dagegen ist eher ein spezielles »Zuwenig«, auch wenn sie mitunter aus einer permanenten Überforderung entstehen kann.

Wir leben in einer Zeit, in der partnerschaftlich so viel möglich ist wie nie zuvor. Die klassische Ehe ist inzwischen wieder gesellschaftsfähig, ebenso lebbar ist aber auch die uneheliche Lebensgemeinschaft oder die lockere Beziehung. Die Gestaltung von Partnerschaft in der westlich zivilisierten Welt ist weitgehend von moralischen Vorschriften befreit – auch wenn es in unserem Trendgeberland

USA gerade wieder modern geworden ist, jungfräulich in die Ehe zu gehen.
Langfristig aber hat Bestand, was im Alltag funktioniert. Man lebt ohne Trauschein zusammen, mit Trauschein getrennt oder in einer Hausgemeinschaft mit erklärtem Eigenbereich. Es gibt alleinerziehende Mütter und alleinerziehende Väter, und schließlich sind Scheidungen schon lange nichts mehr, wofür man sich schämen muß. Trennungen sind zur Normalität geworden, das ewige Eheglück dagegen zur bewunderten Ausnahme. Jede dritte Ehe endet vorzeitig, drei von vier Scheidungen gehen inzwischen von den Frauen aus. Insofern mögen traditionelle Konventionen und Werte vielleicht noch einen gewissen Einfluß auf den einzelnen haben, die moralische Macht früherer Generationen haben sie nicht mehr.
Solche Freiheit birgt Chancen, bereitet manchem aber auch Probleme. Gerade weil die individuelle Gestaltung der Beziehung möglich ist, gibt es einiges zu klären. Das Liebesleben ist kompliziert geworden. Wie symbiotisch will ich mit meinem Partner zusammenleben? Will ich jede freie Minute und jeden Urlaub mit ihr oder ihm verbringen, in einer gemeinsamen Wohnung leben, in einem oder zwei Betten schlafen, gemeinsam haushalten oder mit getrennter Kasse? Wieviel Zuwendung brauche ich und wieviel Freiraum? Kann ich damit klarkommen, daß sie oder er ein Stadtmensch ist, obwohl es mich in jeder freien Minute aufs Land zieht? Soll Treue eine unabdingbare Voraussetzung für unsere feste Partnerschaft sein? Wie gestalten wir die gemeinsame Haushaltsführung? Wollen wir Kinder, und wer verzichtet dabei ein Stück weit auf die berufliche Karriere? Und vor allem: Welche Wünsche und Ansprüche habe ich an meinen Partner, und mit welchen Kompromissen kann ich leben?
Innere Kündigungen sind kein ausgesprochenes Phänomen

moderner Zeiten. Nur war die Rollenverteilung in früheren Generationen ziemlich klar abgesteckt, insofern wurden innere Kündigungen gar nicht als solche wahrgenommen. Die Ehepartner haben sich ja »freiwillig« beschränkt: Die Frau war Hausfrau und Mutter, der Mann Geldbeschaffer und gelegentlicher Machtwortsprecher.

Es ist noch gar nicht so lange her, daß sich das Gefühl der Liebe von solchen wirtschaftlichen Abhängigkeiten befreien konnte. »Erst in der letzten Hälfte des neunzehnten Jahrhunderts begann die romantische Liebe den Gedanken der ökonomischen Sicherheit als Inhalt und Zweck der Ehe zu verdrängen«, schreiben die amerikanischen Autoren Louis Janda und Ellen MacCormack in ihrem Buch *Der zweite Versuch*. Man kann fast sagen, daß in vielen Ehen früherer Zeiten die innere Kündigung identisch war mit einer »guten« Ehe.

Eine moderne, nicht von festen Konventionen und ökonomischen Zwängen bestimmte Partnerschaft dagegen braucht die Auseinandersetzung wie die Luft zum Atmen. Schweigen schnürt ihr auf Dauer die Kehle zu. Bei gesellschaftlich freien Voraussetzungen drohen bei Verweigerung oder Unfähigkeit zum offenen, klärenden Gespräch und zum konstruktiven Streit Erstickungsgefahren zumindest für einen der beiden Partner, so berichten Paartherapeuten einhellig. Auf einer »Das-muß-er-doch-von-selbst-gespürt-haben«-Basis kann sich die innere Kündigung bestens entwickeln.

Es ist schon merkwürdig: Wie kann innere Kündigung ein verbreitetes Problem im Beruf wie im Privatleben sein, obgleich wir in einer ausgesprochenen Kommunikations- und Informationsgesellschaft leben? Kein menschliches Problem, das nicht schon einmal Thema einer Talkshow war. Kein wichtiges Ereignis, das nicht unmittelbar auf unseren Bildschirmen im Wohnzimmer zu sehen ist. Die Medien feiern die moderne »Info-Elite«, innerhalb von Minuten können wir, sollte es von Interesse sein, über Satellit erfahren, ob und weshalb in China ein Sack Langkornreis umgefallen ist. Jedes Ereignis wird ausgesprochen, seziert, analysiert und kommentiert, jeder Trend gemeldet. Nichts scheint im Verborgenen zu bleiben. Doch der Schein trügt: Was die ganz private Partnerschaft angeht, wollen wir uns offenbar immer noch die Wünsche von den Augen ablesen lassen. Mit unseren sehnsüchtigen Blicken suchen wir stärker denn je nach wenigstens der *einen* Beziehung, die nicht auf Sachlichkeit, Informationsfluß und vernünftigen Absprachen gebaut ist.

In ihrem Buch *Madonna trifft Herkules* beschreiben Michael Görden und Hans Christian Meiser den nach wie vor gültigen »Mythos der romantischen, sentimentalen Liebe, jenen grausigen Wahn, daß irgendwo zwei Menschen geboren sind, die das Schicksal füreinander bestimmt hat«. Romantische Ideale wie die »Liebe auf den ersten Blick« und ein »Verständnis ohne Worte« haben nichts von ihrer Anziehungskraft eingebüßt – selbst wenn es noch so viel zu klären gibt. Die meisten von uns glauben nach wie vor, daß die Liebe, wenn sie erst einmal zum ernsten und womöglich andauernden Gesprächsthema zwischen den Beteiligten wird, nicht mehr viel wert sein kann. Wahre Liebe, so gaukeln uns auch die romantischen Helden von Hollywood vor, benötigt keine Worte. »An dieser Zerreißprobe zwischen Paradies und Abwasch«, meint auch der Hamburger Paartherapeut Michael Cöllen, »zerbrechen viele Beziehungen.«

Spurensuche oder **Wie Haut zu Hornhaut wird**

Wer sich zurückzieht, muß sich irgendwann einmal engagiert haben. Und wer seinem Partner die Liebe verweigert, muß irgendwann einmal geliebt haben. Möglicherweise liebt er den anderen noch immer, sieht aber aus bestimmten Gründen keine Perspektiven oder befriedigenden Ausdrucksmöglichkeiten mehr für seine Zuneigung.
Nun ist es typisch für die innere Kündigung, daß der äußere Schein gewahrt bleibt, daß nach außen »eigentlich« alles in Ordnung ist und seinen gewohnten Gang geht. Der innerlich Gekündigte will nicht dabei »ertappt« werden, wenn er sich zurückzieht, einkapselt oder verweigert. Entsprechend schwierig können sich Versuche gestalten, einem innerlich Gekündigten auf die Spur zu kommen. Es liegt, aus welchen Gründen auch immer, ganz und gar nicht in seinem Interesse, von Kollegen oder dem Partner »geoutet« zu werden, obgleich sich die verfahrene Situation dadurch meistens zum Besseren entwickelt. Mit Händen, Füßen, wortreichen Rechtfertigungen und notfalls auch kleinen oder etwas größeren Schwindeleien wird er sich dagegen verwahren, wenn man ihm mangelndes Engagement vorwirft.
Es gibt viele Facetten des Rückzugs. So kann man sich den berüchtigten Sachzwängen im Arbeitsleben zum Beispiel polternd oder lautlos beugen, man kann offen kündigen oder einen neuen Anlauf nehmen, man kann gelassen zum nächsten Tagesordnungspunkt übergehen, man kann

schimpfen oder sich klammheimlich rächen. Man kann aber auch die Augen vor den eigenen Möglichkeiten und Fähigkeiten verschließen, bevor der Zwang überhaupt zum Zwang geworden ist. Das gilt für den Beruf ebenso wie für die Partnerschaft: »Viele Menschen«, ärgert sich vermutlich nicht nur Klaus Koch, Autor des Buches *Zu zweit am Anfang*, »beschäftigen sich ihr Leben lang damit, sich zu beklagen, was sie alles nicht verwirklichen können. Oft fehlt ihnen nur der Mut, ein gewisses Risiko einzugehen und den sich selbst und den ihnen auferlegten Zwängen zu entfliehen.«

Und viele, die den Kopf über solche schütteln, die ihre vermeintlichen Möglichkeiten nicht nutzen, haben doch selbst oft die größten Schwierigkeiten, ihr eigenes Potential wirklich auszuschöpfen. Es ist ein bißchen wie mit dem ungeliebten Gang zum Zahnarzt: Derjenige, der gerade keinen Termin in Aussicht hat, vertritt vehement die Ansicht, daß »man sich nur überwinden muß« und daß »es gar nicht so schlimm ist«, daß der regelmäßige Besuch beim Zahnarzt viel weniger schmerzhaft sei als eine spätere, nicht mehr vermeidbare Renovierung des über Jahre vernachlässigten Gebisses. Recht hat er. Und dennoch kann derselbe kluge Ratgeber ein paar Wochen später selbst derjenige sein, der klammheimlich den fälligen Termin vor sich herschiebt, bis ein tiefes Loch im Zahn entstanden ist und er es vor Schmerzen nicht mehr aushält.

Es scheint nicht ganz so einfach zu sein mit der Umsetzung vernünftiger Einsichten. Wir wissen, daß wir alle nur einen Bruchteil unserer Gehirnzellen nutzen – mit dem Willenszentrum könnte es ähnlich sein.

Manchmal ist der Rückzug allerdings einfach nicht zu vermeiden und deshalb das »gesündere« von zwei Übeln. Der Rückzug ist seinem ursprünglichen Wesen nach eine elementare, intuitive Reaktion auf Gefahr oder Druck von außen. Die Flucht und das Sich-Verstecken gehören zu den evolutionär entwickelten, weil überlebensnotwendigen Reflexen des Menschen. Dabei wird der Rückzug, ob feige oder weise, immer von Angst hervorgerufen. Angst vor gewalttätiger Aggression, dem Krieg und dem Tod, aber eben auch vor Streit und Ärger, vor Gesichtsverlust und Enttäuschungen, vor Entlassung im Beruf oder Trennung in der Partnerschaft.

Der unauffällige, diskrete Rückzug ist in vielen Situationen der eleganteste und gleichsam gefährlichste. Einerseits umgeht er peinliche Situationen und mühsame Debatten, vermag im Einzelfall sogar den Eindruck von besonnener Gelassenheit vermitteln. »Der Klügere gibt nach« heißt es so schön wie richtig. Andererseits droht das Stigma: »Wer einmal schweigt, den fragt man nicht mehr« – in Abwandlung des bekannten Sprichworts über die Lüge. Und wer immer wieder nachgibt oder keine Stellung bezieht, wenn es um wichtige Fragen geht, wird irgendwann tatsächlich nicht mehr ernstgenommen – was wiederum zum Grund für den Betroffenen wird, sich vom persönlichen Engagement zu verabschieden und einen weiteren Schritt auf der Spirale in die innere Kündigung zu gehen. Das Abwehrverhalten verselbständigt sich über längere Zeit. Die innere Kündigung wird somit zu einer Grundhaltung, und es kann sogar für den Betroffenen selbst äußerst schwierig werden, noch die eigentlichen Ursachen zu erkennen.

Gehen wir deshalb erst einmal auf Spurensuche, um besser zwischen konstruktiven Kompromissen und destruktivem Rückzug, zwischen harmonischer Zweisamkeit und innerer Kündigung unterscheiden zu können.

Vom Ungleichgewicht der Kräfte

Die Chance, in der Partnerschaft auf längere Sicht immer und in jedem Bereich auf einer Wellenlänge zu sein, ist vermutlich nicht viel größer als die statistische Wahrscheinlichkeit, einen Sechser im Lotto zu tippen. Höchst unwahrscheinlich, daß zwei Menschen immer zugleich Lust auf einen Kinobesuch, einen Ausflug ins Grüne oder Kaffee und Kuchen bei der Verwandtschaft haben, daß zu jedem Zeitpunkt der Bedarf an Aktivität oder Ruhe, Intimität oder Distanz, aufregendem Sex oder gemütlichem Nebeneinander auf dem Sofa gleich groß ist. Es ist eine altbekannte Erkenntnis und trotzdem oft nicht leicht zu ertragen: Bedürfnisse und Interessen sind nicht automatisch identisch, nur weil sich zwei Menschen lieben und sich entschlossen haben, »in guten wie in schlechten Tagen« ihren Alltag miteinander zu teilen. Bedürfnis- und Interessenskonflikte sind vollkommen normal und kein Grund, gleich am Engagement des jeweils anderen für die gemeinsame Gestaltung der Partnerschaft zu zweifeln.

Und doch können unterschiedliche Interessenlagen, wenn sich zum Beispiel einer der Beteiligten ständig durchsetzt und der andere regelmäßig und innerlich grollend nachgibt, zur inneren Kündigung führen. Ein grundlegendes Ungleichgewicht der Kräfte bringt auf Dauer jede Beziehung in eine emotionale Schieflage und mündet in innere Kündigung oder Trennung. Sobald Kämpfe zu Machtkämpfen werden – unabhängig davon, ob es sich um das Urlaubsziel für die kostbarsten Wochen des Jahres oder nur das aktuelle Fernsehprogramm für einen Abend dreht –, ist die Gefahr des stillen, inneren Rückzugs gegeben.

Das gilt besonders für den für eine innere Kündigung anfälligen schwachen Part, aber auch für den starken: Wenn ein überdominanter Partner den Respekt vor seinem Gegenüber am Frühstückstisch verliert, schwindet damit auch sein grundsätzliches Interesse. Will er sich aber dennoch, und darauf kommen wir später noch zu sprechen, nicht von seinem unterlegenen Partner trennen, wird er sich nur noch gelegentlich engagieren – immer dann, wenn er sein Übergewicht gefährdet sieht.

Die Macht der Gewohnheit

Es gibt einen merkwürdigen vermeintlichen Widerspruch, der in den vielen Interviews zu diesem Buch immer wieder zur Sprache kam: Viele Menschen empfinden den Mangel an Leidenschaft und Engagement als einen Zustand, mit dem man ganz gut leben kann. Zumindest eine Zeitlang. »Es ist wie jeden Abend vor dem Fernseher zu sitzen«, sagt beispielsweise Rasmus, ein 38jähriger Architekt. »Wenn du deinen Kopf einschaltest, weißt du, daß es dir nicht guttun kann. Aber du gewöhnst dich irgendwann daran und raffst dich nicht mehr auf, weil dir alle Alternativen unglaublich viel mühsamer erscheinen.«

Solche »häßlichen« Gewohnheiten im Zusammenleben gelten schon lange als klassische Beziehungstöter, so wie die Routine im Beruf der bekannteste Motivationskiller ist. »Die Fesseln der Gewohnheit sind zu leicht, als daß man sie spürte, bevor sie zu fest sind, um sie noch abzuschütteln«, stellte der englische Philosoph Samuel Johnson schon vor über 200 Jahren fest.

Auf der einen Seite sind Gewohnheiten »ein müheloses, kräftesparendes Verfahren«, wie die amerikanischen Autoren Amy und Thomas Harris zu Recht betonen. Sie erlauben uns, »unsere Energie für neue Tätigkeiten, für problemlösendes, kreatives Denken, für die Aktivitäten des Intellekts und der Phantasie aufzusparen.« Mit anderen Worten: Wer Unwichtiges gewohnheitsmäßig erledigt, hat Kopf und Herz frei für die wirklich wichtigen Dinge des Lebens. Doch leider gilt diese Verknüpfung eben auch umgekehrt: Wer aus Angst, Konfliktscheu oder einfach aus Bequemlichkeit entscheidende Lebensbereiche zur reinen Gewohnheitssache erklärt, verzichtet damit auf die aktive Gestaltung der Partnerschaft. Aus energiesparenden, vertrauten Gewohnheiten wird Langeweile. So ist zu erklären, wie sich Menschen über alles Erdenkliche streiten und doch über die entscheidenden Wünsche und Verletzungen jahrelang schweigen können.

Getrennt zusammen

Eva führt eine typische Großstadtehe der modernen Art. Sie ist als Lektorin bei einem Buchverlag beschäftigt und arbeitet gern und viel – oft bis spät in den Abend, weil die meisten Autoren, die ihr Manuskripte zum Lesen und Korrigieren zuschicken, mit Verspätung liefern. »Nebenbei« ist Eva Mutter von zwei Kindern und zum zweiten Mal verheiratet.

»In meiner ersten Ehe hatte ich andauernd ein schlechtes Gewissen, weil ich glaubte, zu wenig für meine Ehe zu tun. Heute, in meiner zweiten Ehe, habe ich dieses Gefühl nicht mehr so stark, und auch meinem Mann kann ich eigentlich nichts vorwerfen. Trotzdem spüre ich schon wieder, daß wir nicht genug Zeit für unsere Partnerschaft haben.« Dabei sind Evas Kinder, 11 und 13 Jahre, sehr selbständig. Sie machen sich, wenn es sein muß, allein ihr Mittagessen, brauchen nur gelegentliche Hilfe bei den Schularbeiten und sind fast jeden Tag beim Sport oder bei Freunden. Evas

Mann Ludwig ist Lehrer und kann sich seine Zeit am Nachmittag relativ frei einteilen. »Es sei denn,« schränkt Eva ein, »er gibt Förderunterricht, hat ein Elterngespräch, es ist eine Lehrerkonferenz angesetzt oder er muß gerade noch fünfzig Klausuren kurz vor den Ferien korrigieren.«

Die Wochenenden verbringt die Familie gewöhnlich getrennt voneinander. Die Kinder haben inzwischen ihre eigenen Verabredungen. Ludwig schläft lange, liest viel, bereitet den Unterricht für die nächste Woche vor und sieht oft bis spät in die Nacht fern. Für Eva bedeutet das, ihre Freizeit allein zu gestalten. »Das ist seine Art der Entspannung, und ich kann das ohne weiteres akzeptieren. Aber ich bin eben Frühaufsteherin und gehe lieber spazieren oder schaue mir eine Ausstellung an, anstatt auch noch am Wochenende Bücher zu lesen oder vor dem Bildschirm zu sitzen.«

Alles in allem, findet Eva, führen sie nicht einmal eine schlechte Ehe. Streit gibt es nur selten, und doch wird sie das Gefühl nicht los, ihrem Mann gegenüber etwas Wichtiges aufgegeben zu haben. Sie glaubt sich allein verantwortlich für die Kinder, schließlich sind es ihre. Als sie sich kennenlernten, hatte sich Ludwig noch bemüht, ein gutes und auch väterliches Verhältnis zu den beiden aufzubauen. Aber es ist immer eine deutliche Distanz geblieben. Die Kinder respektieren ihn, sehen ihn aber doch eher wie einen Fachlehrer, den sie gern als Schularbeitenhilfe einspannen, und nicht wie einen zweiten Vater. Auch zwischen Ludwig und Eva hat sich schnell ein Abstand hergestellt, der ihr fast lieber ist als ein krampfhaftes Bemühen umeinander. Noch einmal die Kämpfe, die sie mit ihrem ersten Mann ausgefochten hat, die unendlichen Diskussionen und vielen kleinen Kränkungen, das will sie nicht wieder durchleben. Dann schon lieber eine alltägliche

Vertrautheit statt einer schmerzhaften Intensität, die letztlich doch nur zur Trennung führt. »Wenn wir uns mit unseren unterschiedlichen Interessen nicht respektieren würden, der Alltag nicht so gut klappen und wir uns in vielen Fragen wie denen der Kindererziehung nicht einfach aus dem Weg gehen würden, hätte es wahrscheinlich schon längst richtig gekracht zwischen uns. Ich weiß zum Beispiel, daß Ludwig meine Inkonsequenz den Kindern gegenüber unmöglich findet, aber er sagt nichts mehr dazu, und das ist mir auch recht so. Für die Kinder ist das sicher besser, als sich womöglich noch auf einen zweiten Stiefvater einstellen zu müssen. Und für mich ist es angenehmer so, als wieder den Streß einer alleinerziehenden Mutter zu haben.«

Es ist die freie Entscheidung eines jedes Menschen, mit seinem Partner zusammenzubleiben oder sich zu trennen. Es gibt keine moralischen Schranken mehr, sich scheiden zu lassen, und schließlich wird in keinem Ehevertrag die Intensität des Zusammenlebens festgeschrieben. Das berühmt-berüchtigte »kleinere Übel« kann insofern durchaus Gradmesser für die Entscheidung für oder gegen ein Zusammenbleiben sein. Entscheidend ist, ob sich Menschen, die sich in wichtigen Bereichen innerlich von ihrem partnerschaftlichen Gegenüber zurückgezogen haben, bewußt für ein Nebenher entscheiden oder klammheimlich auf paradiesische Zustände mit dem Mann oder der Frau ihres Lebens hoffen, obgleich sie selbst nicht (mehr) bereit sind, das dafür nötige Engagement und die oft unvermeidliche Konfliktbereitschaft aufzubringen.

»Ich muß noch arbeiten«

Für viele Menschen bedeutet Arbeit (fast) alles. Im Beruf holen sie sich ihre Bestätigung, dort tragen sie ihre Kämpfe aus, stecken persönliche Niederlagen ein oder werden befördert, und ebenfalls dort knüpfen sie, aus Interesse und manchmal auch aus Berechnung, ihre sozialen Kontakte. Für sogenannte Workaholiks und andere Arbeitstiere hat jeder Handgriff, jede Entscheidung und jedes Gespräch (im Gegensatz zum frei verfügbaren Feierabend) irgendwie eine produktive Bedeutung.

Es ist tatsächlich sehr schwer, in einer stark an Mobilität und Leistung orientierten Zeit das Privatleben nicht zu kurz kommen zu lassen. Wer sich deshalb privat mit einem entschiedenen Karrieristen einläßt und nicht selbst dem Berufsleben verfallen ist, muß sich entscheiden, ob er auf Dauer die zweite Geige im Leben des anderen spielen oder dem Partner quasi als Teamarbeiter im Hintergrund »zuarbeiten« und »den Rücken freihalten« will. In welcher der beiden »ungleichen« Konstellationen auch immer, man kann immerhin sagen, daß beide von vornherein wissen können, woran sie sind: Der Arbeitswütige selbst nimmt für die Karriere durchaus bewußt in Kauf, auf einige Dinge im Privatleben und in der Partnerschaft zu verzichten; und der Partner, geht er oder sie nicht übertrieben blauäugig in die Beziehung, kann eigene Schwerpunkte für sich setzen und sich einem ausgefüllten, allerdings vom latent abwesenden Partner weitgehend unabhängigen Leben widmen.

Anders verhält es sich, wenn unterschiedliche Erwartungen gehegt werden. Für einen Menschen, dem familiäre Nestwärme und eine gemeinsame Lebensführung zu zweit sehr wichtig sind und dessen Partner sich früher oder später als arbeitswütig erweist, kann es ausgesprochen frustrierend sein, statt der erwarteten Zweisamkeit ein unabhängiges, auf Beruf, Hobbys und Freunde bezogenes Leben führen zu müssen, in dem der Partner nur zum gelegentlichen Gastspiel auftaucht. Man kann eine aktivere Beteiligung des Partners am zweisamen Privatleben einfordern, man kann um sie kämpfen und man kann um sie bitten. Aber Zuwendung und Interesse lassen sich auf Dauer bekanntlich nicht erzwingen, auch wenn es sich im partnerschaftlichen Vakuum für eine Vielzahl von Menschen nicht besonders angenehm lebt.

Nicht viel besser ergeht es derweil dem Arbeitsbesessenen, der sich seine Erfüllung in der Firma holt und die Partnerschaft als reinen Hort der Streßregulierung interpretiert. Er fühlt sich schnell bedrängt von den Problemen und Plänen, die ihm ein engagierter Partner auftischt, über die er aber eigentlich gar nicht weiter nachdenken möchte. Seine Gedanken kreisen auch in der Freizeit um allerlei Fragen aus der Arbeitswelt, die Umstrukturierung der Abteilung, die Präsentation am kommenden Mittwoch oder die unberechtigte Mahnung vom Vorgesetzten. Während er noch Umsatzzahlen in Millionenhöhe im Kopf bewegt, spricht sein Gegenüber am Abendbrottisch davon, ob man nicht ein Theaterabonnement nehmen wolle und von Britta und Hermann mal wieder zum Doppelkopf eingeladen worden sei. »Gute Idee«, antwortet der Arbeitsbesessene, »mach doch einfach mal einen Termin mit ihnen aus.« Und denkt insgeheim: »Bloß kein Theaterabo, das hieße ja einen festen, regelmäßigen Termin, den ich mindestens jedes zweite Mal absagen müßte, weil ich nicht aus dem Büro wegkomme. Und das wiederum bedeutet Vorwürfe, Rechtfertigungen und endlose Grundsatzdiskussionen darüber, daß es schließlich noch etwas anderes als den Beruf geben müßte.« Und überhaupt stellen sich für den Arbeitsfixierten manche Fragen gar nicht. Türkei oder Teneriffa macht

im Urlaub keinen Unterschied, solange es warm ist und das Meer nur ein paar Schritte entfernt.
Der Partner eines Arbeitswütigen kämpft in der Regel auf verlorenem Posten. Seine Vorschläge und Vorwürfe bewirken oft das Gegenteil des Gewünschten: Der Arbeitssüchtige wird vermutlich noch später nach Hause kommen, um sich nicht ständig neue Ausreden für Absagen einfallen lassen zu müssen, da er einfach kein Interesse an gemeinsamen Aktivitäten hat.
Von der inneren Kündigung in der Partnerschaft bedroht ist der symbiotische Familienmensch ebenso wie der bedingungslose Karrierist, nur jeder auf seine Art. Der Familienmensch, weil er irgendwann frustriert aufgibt, den Partner zur aktiven Mitgestaltung des Familienlebens anzuregen, und trotzdem nicht ohne den anderen leben will. Der Karrierist, weil er sich konsequent von seinem Partner zurückzieht, um sich mit aller Energie dem Beruf widmen zu können, deswegen aber nicht auf eine feste Partnerschaft oder zumindest die praktischen Vorzüge einer gemeinsamen Haushaltsführung verzichten möchte.

Das Helfersyndrom

Manche Menschen kümmern sich mehr um die Probleme anderer als um sich selbst. Sie vernachlässigen sich, weil sie die Erfahrung gemacht haben, daß sie leicht die wohltuende Bestätigung von außen bekommen, wenn sie anderen selbstlos aus einer schwierigen Situation helfen, das chaotische Leben ihres Partners ordnen oder einen Alkoholiker trocken pflegen. Es scheint ganz, als werden sie dafür »geliebt«, und deshalb geraten sie auch immer wieder in die Helferrolle. Oft jedoch sind Dauerfrust und Trennung vor-

programmiert: Je mehr sie geben und sich selbst zurücknehmen, desto selbstverständlicher wird ihre Hilfe genommen. Aus Lob und Bestätigung von außen werden Gewohnheit und schließlich Gleichgültigkeit. Wem es nicht gelingt, sich aus dieser Spirale der Einseitigkeit zu befreien, wird sich bis zur Erschöpfung aufreiben (Burn-out), aber dennoch nicht die Bemühungen um das Wohl des anderen einstellen können – im Extremfall bis zur Besinnungslosigkeit oder zur inneren Kapitulation.
Zielsicher treffen solche »Helfer-Maniacs« immer wieder auf Freunde und Partner, die sich spätestens nach ein paar Wochen oder Monaten als bedürftig entpuppen, die entdecken, daß sie sich nur ein wenig hilflos anzustellen brauchen und schon vom hilfsbereiten Gegenüber das Bügeleisen aus der Hand genommen bekommen, meist dezent aus dem Hintergrund aus der finanziellen Misere geführt werden oder sofort mit einem nassen Handtuch für den Kopf, einem starken Kaffee und Aspirin vom leichten Kater kuriert werden (selbst dann, wenn der oder die Betreffende selbst noch einen dicken Kopf vom feuchtfröhlichen Abend zuvor hat). Die Über-Identifizierung mit dem Partner führt fast immer dazu, daß der passionierte Fürsorger seine eigenen Wünsche vergißt oder zumindest in den Hintergrund verbannt.
Der 32jährigen Johanna zum Beispiel war eigentlich eher selbst nach Anlehnen zumute, als sie Siggi kennenlernte. Und es schien zuerst auch so, als wäre er der ideale Mann dafür. Verantwortungsbewußt, im Beruf als Ingenieur erfolgreich und ein liebevoller Vater obendrein (Siggi brachte eine Tochter aus erster Ehe mit in die Partnerschaft). Johanna dagegen war unzufrieden mit ihrem Beruf als Versicherungsangestellte und wünschte sich einen Mann, der sie liebte, der ihr eventuell für eine weitere Ausbildung den Rücken freihalten würde und mit dem sie Kinder wollte.

Aber statt sich anzulehnen und Siggi für ihre Träume zu gewinnen, schaltete sie sich intuitiv in sein Leben ein, und begann ihren gemeinsamen Alltag so zu organisieren, wie sie glaubte, daß er damit glücklich werden würde. Sie begann seine Gefühle zu interpretieren und seine Gedanken zu denken. »Ich habe einfach nicht gemerkt, daß Siggi mir immer mehr die Verantwortung überließ für alles, was unsere Beziehung betraf, und ich kann es ihm noch nicht einmal verdenken.« Johanna, die heute in einer neuen Partnerschaft lebt und eine Ausbildung als Familientherapeutin hinter sich hat, erkennt den Verlauf ihrer Beziehung mit Siggi im nachhinein als »ganz logisch«.

Siggi ließ sich zu Hause immer mehr gehen, kümmerte sich nur noch um seine Arbeit und seine Karriere. Er kam spät nach Hause, setzte sich an einen gedeckten Tisch und danach mit einer oder zwei Flaschen Wein vor den Fernseher. Zum Abspannen, wie er sagte. In Wirklichkeit hatte er ihr bereits innerlich gekündigt. »Er sah mich nur noch als ein bequemes Anhängsel seines Alltags, für das er eigentlich nichts tun mußte. Ich war ja immer da.« Johanna war nicht glücklich mit der Situation, aber sie glaubte und hoffte, daß er nur eine schwierige Phase in seinem Beruf durchmachen und sich alles ändern würde, wenn er erst sein Ziel, die Bauleitung im Unternehmen zu bekommen, erreicht hatte. Von einem gemeinsamen Kind war schon lange keine Rede mehr. Johanna unterstützte sogar noch seine Lethargie, indem sie Verständnis zeigte und ihm was sie nur konnte abnahm. Sie packte ihm die Koffer für seine Dienstreisen und machte seinen Lohnsteuerjahresausgleich, legte ihm ausgearbeitete Vorschläge für den Urlaub zur Auswahl vor und sorgte dafür, daß immer eine Flasche seines Lieblingsweins im Haus war.

Erst als Siggi sich auf einer Geburtstagsparty von Freunden vollkommen danebenbenahm, weil er mal wieder zuviel getrunken hatte, und sie dann auch noch vor den anderen wie eine »saublöde, blonde Friseuse« behandelte, stellte sie ernüchtert fest, daß sie sich »einen völlig unselbständigen Alkoholiker herangezogen hatte«. Wieder gab sie sich die Schuld und setzte alle Energien daran, ihn von der Sucht zu befreien. Sie redete auf ihn ein, konsultierte eine Suchtberatungsstelle, versteckte seine Flaschen und kochte ihm eine spezielle, besonders nahrhafte Diät, weil er über ständige Appetitlosigkeit klagte – und sie erreichte das Gegenteil von dem, was sie wollte. Siggi wurde immer unleidlicher ihr gegenüber. Jede fremde Hilfe durch die Suchtberatung lehnte er ab mit den Worten »Das ist doch Quatsch, ich bin kein Alkoholiker, ich habe nur im Moment zuviel Streß«.

Nach den »furchtbarsten zwei Jahren meines Lebens« kapitulierte Johanna. Ihr war nur noch wichtig, nach außen nicht völlig das Gesicht zu verlieren. Sie sorgte dafür, daß er morgens einen starken Kaffee trank und in einem sauberen Anzug zur Arbeit ging, damit er nicht auch noch seinen Job gefährdete; sie verzichtete darauf, gemeinsame Freunde zu besuchen oder mit ihm auszugehen; sie brachte seine leeren Flaschen heimlich zum Glascontainer, um vor den neugierigen Nachbarn die Fassade zu wahren.

Wenigstens, muß man hier fast sagen, hatte sie ihm noch rechtzeitig innerlich gekündigt, bevor sie selbst sich vor Erschöpfung aufreiben konnte. Und als sie ihren jetzigen Mann kennenlernte, trennte sie sich auch endlich von Siggi. Mit einem »teuflisch schlechten Gewissen« zwar, aber doch erleichtert.

Distanz und Nähe

Es gibt eine nicht unerhebliche Zahl von Zeitgenossen, die nicht oder nur selten in der Lage sind, echte Intimität aufkommen zu lassen und dann auch noch zu ertragen. Sie bestehen auf einem Abstand, weil sie Nähe als bedrohlich empfinden oder schlechte Erfahrungen damit gemacht haben, sich einem anderen gegenüber zu öffnen. Männer konnten bereits früh lernen, daß sie als harmoniebedachte, liebevolle und zartfühlende Partner Gefahr laufen, zum belächelten »Softie« zu werden, Mädchen mußten in der Pubertät hautnah erfahren, daß »Männer nur das Eine wollen« – es gibt Gründe genug, Abstand zu halten. Das Zusammenleben mit distanzierten Menschen (deren persönliche Beweggründe, warum sie noch in den intimsten Momenten einen gewissen Sicherheitsabstand wahren, uns hier nicht weiter interessieren), kann äußerlich sehr harmonisch und unkompliziert sein – solange man nicht von ihnen verlangt, ihre Gefühle und intimen Empfindungen in die Beziehung einzubringen.
Andere dagegen kennen in puncto Nähe keine Grenzen und neigen dabei zum Übertreiben. Sie möchten jede freie Minute mit ihrem Partner verbringen, alle Erlebnisse mit ihm teilen und auch noch in das kleinste Geheimnis eingeweiht werden. Solche »Symbionten« empfinden die oft unvermeidliche Reaktion auf soviel Miteinander, das Signal »Komm mir nicht zu nahe«, natürlich als Zurückweisung oder sogar als Kränkung und Vertrauensbruch. »Jeder Intimpartner sendet von Zeit zu Zeit ein solches Signal, weil wahre Intimität ein Zustand der Verbundenheit ist, der sich gelegentlich als unerträglich erweist«, schreiben die amerikanischen Forscher George R. Bach und Peter Wyden in ihrem Buch *Streiten verbindet.* Wer in solchen Momenten nicht akzeptieren kann, daß jemand auch in der Ehe oder

Partnerschaft eine Intimsphäre braucht, in die er sich von Zeit zu Zeit zurückziehen kann, provoziert den Partner geradezu, sich prophylaktisch eine Schutzschicht zuzulegen.
Beide Extremhaltungen, die des unnahbaren Intimitätsfeindes ebenso wie die desjenigen, der alles teilen möchte, drängen den Partner auf lange Sicht zum offenen oder stillen Rückzug. In der Partnerschaft kommen solche Divergenzen von Distanz und Nähe häufig vor. Manchmal werden sie erst deutlich, wenn die Beteiligten sich schon stark aneinander gebunden haben, verheiratet sind und gemeinsame Kinder haben. Es ist dann nicht leicht, sich einzugestehen, daß man sich in einen Menschen verliebt hat, dessen Berührungsängste viele Erwartungen unerfüllt lassen oder der so sehr klammert, daß einem die Luft wegzubleiben droht. Hinzu kommt, daß es einiges zu verlieren gibt und eine Trennung nicht nur schmerzhaft ist, sondern die Zukunft auf Single-Beinen auch materiell ausgesprochen ungewiß erscheinen kann. Der vermeintlich einzig gangbare und zudem bequemste Weg, mit einem solchen Dilemma zu leben, führt für viele Menschen deshalb in die innere Kündigung.

Enttäuschungen und andere Mißverständnisse

Es gibt Fälle, in denen jemand scheinbar von einer Minute zur nächsten eine Mauer um sich herum baut, von einem Tag auf den anderen sein Interesse an der partnerschaftlichen Lebensgestaltung verblaßt. Äußerlich bleibt oft alles beim alten, aber innerlich haben sich ganze Welten verändert. »Ich dringe einfach nicht mehr zu ihm durch«, rätselt dann die zu Recht verunsicherte Partnerin. Oder ein Ehe-

mann beklagt sich, daß »sie alle Entscheidungen mir überläßt und ihr plötzlich alles egal ist«.
Schaut man genauer hin, zeigt sich, daß sich solche »spontanen« inneren Kündigungen entweder schon länger im stillen entwickelt hatten oder nur einen vergleichsweise geringfügigen Anstoß brauchten. Viele dieser Schlüsselerlebnisse, die zur inneren Kündigung führen, liegen in Kindheitserfahrungen und der Erziehung begründet oder resultieren aus einer unmittelbaren, tiefen Enttäuschung und Kränkung, die der Partner als solche nicht erkannt hat.
In der Mehrzahl der Fälle, das stellte sich auch während der vielen Interviews und Gespräche zu diesem Buch heraus, sind es die Frauen, die mit innerer Kündigung eine oder mehrere große Enttäuschungen durch den Partner verbinden. Denn sie sind immer noch die klassischen »Beziehungsarbeiterinnen«. Sie thematisieren Defizite, während viele Männer die Probleme ihrer Partnerschaft eher mit sich selbst ausmachen.
Es ist immer das Ausmaß und die Tiefe der Verletzung, des Sich-im-Stich-gelassen-Fühlens, welche das scheinbar unvermittelte Moment, das Schlüsselerlebnis für den Weg in die innere Kündigung auslöst. Auch hier ist nicht ein für jeden gültiges Maß der Enttäuschung entscheidend, sondern nur das individuelle Empfinden der Kränkung. Das kann eine so wichtige Entscheidung wie eine verweigerte Schwangerschaft sein, genausogut aber auch eine scheinbare Lappalie wie ein vergessener Anruf oder eine »unbedeutende« Affäre.

Ein sicheres Nest

Wir leben in einer Zeit, in der familiäre Verhältnisse wieder eine stärkere Bedeutung bekommen. Nach den rebellischen Siebzigern und den geschäftigen Achtzigern sind die Neunziger bisher von einer Renaissance konventioneller Werte geprägt. Offenbar ist das Bedürfnis, im rasanten Tempo des Wandels wenigstens einen stabilen Halt zu haben, von dem aus man in die von Konkurrenz und Individualismus, Berufs- und Freizeitstreß geprägte Außenwelt durchstarten kann, ziemlich groß.
In den Vereinigten Staaten machte sich erst jüngst die wachsende »Jungfrauen-Bewegung« mit einer vielbeachteten Demonstration vor dem Weißen Haus bemerkbar, und auch in Deutschland, obgleich die Scheidungsrate das Gegenteil vermuten läßt, sind Heirat und Treue bei jungen Menschen wieder zunehmend gefragt. Daß zu besten TV-Sendezeiten Shows wie »Traumhochzeit« oder »Flitterabend« höchste Einschaltquoten garantieren – und nebenbei auch noch einen immensen Verbrauch an Taschentüchern –, ist nur ein Indiz unter vielen. Ehefrauen und -männer, geben Befragte in den USA zu Protokoll, führen ein im Schnitt zufriedeneres Leben als Unverheiratete, fühlen sich geschützter vor den Fährnissen des Lebens draußen, Ehemänner haben eine deutlich höhere Lebenserwartung, und Ehefrauen, so ergab erst kürzlich eine Untersuchung, haben ein ausgeprägteres, befriedigenderes Sexualleben als Singles.
Soweit die Auskünfte der Beteiligten. Dennoch kann eine von Ansprüchen überfrachtete Partnerschaft einige Langzeitprobleme mit sich bringen. Wer sich dazu entschließt, sein Leben mit dem einen Mann oder der einen Frau zu verbringen und nach einer gewissen Zeit der Euphorie feststellt, daß sich der sanfte, zartfühlende Partner als verkapp-

ter Ehemacho entpuppt, der verantwortungsvolle Lebensplaner sich zum ängstlichen »Ich-weiß-nicht«-Kandidaten entwickelt oder der selbstbewußte Liebhaber zum müden Sofasitzer mutiert, wird sich wohl oder übel mit Kompromissen anfreunden müssen.

Das muß natürlich nicht weiter schlimm sein, Kompromisse gehören zur Partnerschaft wie die Versöhnung zu einem gesunden Ehestreit. Es ist vielmehr die individuelle Empfindung, welche den einen Kompromiß zuviel oder die vielen kleinen Kompromisse irgendwann zur inneren Kündigung umschlagen lassen. Was für den einen eine Lappalie des Alltags ist, kann für den anderen schon den Ausdruck höchster Mißachtung annehmen.

Jeder kann letztlich nur für sich selbst entscheiden, was für ihn ein »guter« und was ein »schlechter« Kompromiß ist. Die Schnittstellen zwischen kooperativen und resignativen Kompromissen sind nur aus eigener Anschauung erkennbar und nicht etwa allgemeingültig zu bestimmen. Haare im Waschbecken können als Problem noch so unwichtig und klein erscheinen, wenn sie aber stellvertretend für einen umfassenden Mangel an Beachtung des Partners stehen, zu einem höchst realen Symbol und Anlaß für eine innere Kündigung werden.

Nicht der Konflikt ist also das eigentliche Problem, es ist vielmehr die subjektive Wahrnehmung dessen, was sich dahinter verbirgt. In welchem Punkt gebe ich nach, obwohl mir gerade diese Sache besonders wichtig ist? Wann sollte ich wegen eines geringfügigen, aber sich immer wiederholenden Streitpunktes einen ernsthaften Streit riskieren? Wo kann ich meinem Partner entgegenkommen, ohne deswegen meine Träume und Hoffnungen zu verraten und schließlich zu begraben? Wann droht das mit störenden Kleinigkeiten gefüllte Faß überzulaufen?

Menschen mit einem stark ausgeprägten Sicherheitsbedürfnis neigen eher zur inneren Kündigung als die Kompromißlosen, die sich lieber trennen, als ihrem Partner zuliebe das Rauchen aufzugeben oder künftig auf gelegentliche Affären mit anderen Männern oder Frauen zu verzichten. Sicherheitsmenschen sind eher bereit, »schlechte« Kompromisse einzugehen, selbst wenn ihnen dabei langfristig das Engagement für die Gemeinsamkeit abhanden kommt. Ichbezogene Kompromißlose dagegen laufen manchmal schon weg, wenn sie ein Zugeständnis machen sollen, mit dem sie gut und der Partner erheblich besser leben könnte.

»Schlechte« Kompromisse, das kann man zumindest als gemeinsamen Nenner festhalten, sind Zugeständnisse der Art, die aus dem vermeintlich sicheren und warmen Nest ein Strohfeuer machen, aus dem man sich irgendwann nur noch durch Flucht oder Totstellen retten kann.

Über Arbeitsalltag, Langeweile und das Warten auf die Rente

Wann genau sich dieses »Laßt-mich-doch-alle-zufrieden«-Gefühl eingestellt hat, weiß Christiane auch nicht mehr so genau. Vielleicht nach dem Spanienurlaub. Gleich im Anschluß hatte sie sich zum ersten Mal seit drei Jahren krankschreiben lassen, weil sie keine Lust hatte, die Kollegen wiederzusehen. Die Kollegen nicht, den Schreibtisch nicht und schon gar nicht ihren Chef. »Dabei fing es optimal an, alle waren nett, die Arbeit neu und aufregend«, erinnert sich die 42jährige EDV-Angestellte. Für einen Wiedereinstieg in den Beruf nach sechsjähriger Erziehungspause fast ideale Bedingungen: Die Filiale war nur ein Jahr vorher eröffnet worden, die Kollegen frisch motiviert, jeder Arbeitsvorgang eine Herausforderung. Alles war noch im Aufbau, ständig waren neue Aufgaben zu bewältigen. »Irgendwie herrschte da noch Teamgeist. Jeder half dem anderen, wenn es mal ein kniffliges Problem gab.«
Mit der Zeit bekam die Abteilung Routine. Die Improvisation, die Christiane in der Anfangszeit fast überfordert und später immer mehr Spaß gemacht hatte, war nicht mehr gefragt. Sie merkte, daß sie sich nicht mehr ausgelastet fühlte. Also suchte sie nach zusätzlichen Aufgaben, machte ihrem Chef Vorschläge für interne Systemverbesserungen und meldete sich für Fortbildungsseminare an. Aber die Vorschläge verstaubten in den Schubladen, und ihre Weiterbildungs-Ambitionen wurden nicht besonders ernst genommen. Einmal bot man ihr ein Yogaseminar an, weil die

Computerkurse bereits voll waren. »Nichts gegen Yoga«, ärgerte sich Christiane, »aber für mich war das wie ein schlechter Witz. Ich wollte eine neue Computersprache lernen, und die Personalabteilung legte mir Entspannung nahe.«

Die älteren Kollegen, denen sie davon erzählte, zuckten nur mit den Schultern. Kommentare wie »Du kennst doch den Laden hier« oder »Lohnt sich doch gar nicht, sich darüber aufzuregen« bauten sie nicht gerade auf.

Jede persönliche Initiative, empfand Christiane, verpuffte im Nichts oder wurde vom Chef erstickt. Der hatte, nachdem die Computer im Haus erst einmal liefen, offensichtlich wenig Lust auf Veränderungen. Lieber befaßte er sich mit konzernstrategischen Fragen, um sich für einen Posten in der Vorstandsetage zu empfehlen.

Bald schien die ganze Abteilung nur noch Dienst nach Vorschrift zu machen. Man war höflich und nett, jeder tat schwer beschäftigt, aber im Grunde dämmerten die meisten doch nur dem Feierabend und dem Wochenende entgegen. Hin und wieder kam ein wenig Hektik auf, wenn wieder einmal ein PC abgestürzt war. Dann lief sogar der Chef noch einmal zur großen Form auf. Alle weniger spektakulären Arbeitsaufträge dagegen wurden von einem Schreibtisch zum nächsten weitergereicht. Und Christiane erreichte mit ihrem vorerst ungebrochenen Elan irgendwann nur noch, daß jeder mit seinem Kleinkram zu ihr kam. Die aufregenderen Arbeiten erledigten andere, meistens der Chef selbst. Mehrmals machte sie den Versuch, den Wandel des Arbeitsklimas im Kollegenkreis zu thematisieren. Sie bekam zwar allgemeine Zustimmung, »daß es irgendwie nicht mehr so ist wie früher«, aber konkret änderte sich nichts.

Schließlich gab auch Christiane auf und zog sich in die innere Kündigung zurück – sie tat, wie die anderen, nur noch

das Nötigste, um nicht aufzufallen und suchte ihre persönlichen Highlights wieder als Mutter und Ehefrau.
Heute erzählt Christiane offen von diesen »furchtbar lähmenden Monaten«. Damals wurde sie immer schweigsamer. Der einzige, mit dem sie über ihre schwindende Motivation sprach, war ihr Mann. Der hatte am Anfang auch einige Ideen und ermutigte sie, um ein Gespräch mit dem Chef zu bitten oder zumindest die Kollegen darauf anzusprechen. Später hörte er nur noch zu und zuckte wie sie mit den Schultern.
Erst als Christiane, die eigentlich immer eine lebenslustige, aktive Frau war, registrierte, daß ihr frustrierender Arbeitsalltag auch auf ihr Privatleben abfärbte – sie fühlte sich dauernd abgespannt, ging Problemen mit Mann oder Kind aus dem Weg und unternahm nur noch selten etwas –, wurde sie aktiv. Sie nahm all ihren Mut zusammen und offenbarte sich der Personalabteilung. Es löste einigen Wirbel unter den Kollegen aus, die Christiane in den darauf folgenden Tagen fast wie eine »Nestbeschmutzerin« behandelten, aber letztlich erreichte sie doch eine Versetzung in eine andere Abteilung, die mit dem Aufbau einer neuen EDV-Vernetzung beschäftigt war.

Fälle wie der von Christiane sind im deutschen Arbeitsleben keine Seltenheit. Was den Beamten gern und oft nachgesagt wird, nämlich daß sie die Gabe haben, sich über Wochen hinter ein und demselben Aktendeckel zu verstekken und Meister der stillen Arbeitsverweigerung zu sein, gilt auch für die freie Wirtschaft. Aber es ist selten individuelle Faulheit, die arbeitende Menschen in diese Haltung drängt, sondern viel häufiger ein Resultat der realen Arbeitsbedingungen, von Über- oder Unterforderung, von »schlechten« Chefs und entmündigenden Arbeitsabläufen.

»In der deutschen Wirtschaft rechnet man mit einer inneren Kündigungsrate von rund fünfzig Prozent«, schrieb Professor Martin Hilb von der Hochschule St. Gallen vor kurzem in der Frankfurter Allgemeinen Zeitung. Dabei ist das Phänomen innere Kündigung nicht unbedingt ein neues, aber es wird zunehmend beachtet. Denn die innere Kündigung, darin sind sich inzwischen die Experten einig, bringt für alle Beteiligten nur Nachteile: Den Unternehmen gehen durch die stille Verweigerung ihrer Mitarbeiter Milliardenbeträge verloren, und die Mitarbeiter selbst verlieren zunehmend ihren Elan und die Lust, auch nur einen Handschlag mehr als nötig zu tun. Und weil in keinem Arbeitsvertrag etwas über Motivation und persönlichen Einsatz steht, kann sich die innere Kündigung in der Firma wie ein Virus ausbreiten.

Das gilt, so paradox es scheinen mag, in besonderem Maße für wirtschaftlich schwierige Zeiten. Wer schlechte Aussichten auf dem Arbeitsmarkt hat, schluckt seinen Frust lieber runter als den offenen Konflikt mit seinem Arbeitgeber zu riskieren. »Wer angesichts fehlender Jobalternativen nicht einfach gehen kann, klinkt sich eher innerlich aus«, beschreibt die Hamburger Psychologin Cathrin Rohlfing-Nagel, eine der wenigen deutschen Spezialistinnen auf dem Gebiet der inneren Kündigung im Beruf, die vielfach aussichtsarme Lage.

Es gibt viele Ausformungen der inneren Kündigung im Beruf: Die Mehrheit zieht sich still und unmerklich zurück, andere flüchten sich in Sarkasmus oder in die Intrige, wieder andere entwickeln sich zu mürrischen, unleidlichen Kollegen, die niemand mehr gern anspricht. Erschwerend kommt hinzu, daß sich eine fatalistische Haltung bei der Arbeit vielfach auch auf das Privatleben überträgt. Während einige wenige frustrierte Arbeitnehmer ihre Energien statt auf den Beruf allein auf Familie, Freunde und Hobbys konzentrieren, lassen sich viele andere auch zu Hause immer mehr hängen – die innere Kündigung entwickelt sich dabei zu einer diffusen und immer schwerer durchschaubaren Grundhaltung, die sich als roter Faden durch einen zunehmend graueren Alltag zieht.

Der Teufel steckt schon im Vertrag

Es gibt unzählige Anlässe, Gründe und Ursachen für innere Kündigungen im Beruf. Viele sind in der Struktur des jeweiligen Unternehmens zu suchen, in starren Arbeitsabläufen etwa und einengenden Hierarchien, in Über- oder Unterforderung, einem despotischen Chef oder intriganten Kollegen.

Meist ist der Trott schon im Arbeitsvertrag festgeschrieben, der diverse Pflichten des Arbeitnehmers bestimmt. So sind in der Mehrzahl der Angestelltenverhältnisse Arbeitsplatz und -zeit vorgegeben. Der äußere Rahmen bestimmt damit den Alltag: wann man aufzustehen und wo man sich acht oder mehr Stunden am Tag aufzuhalten hat, mit welchen Menschen man es zu tun bekommt und ob man sich viel oder wenig bewegt. All dies kann notwendig und auch vollkommen akzeptabel sein – solange die Identifikation mit dem Unternehmen stimmt.

Problematisch wird es immer dann, wenn das Unternehmen seinen Mitarbeitern nicht nur einen Schreibtisch zuweist und die Mittagspause bestimmt, sondern der »psychologische Vertrag« auch vorgibt, wann, worüber und wie die Mitarbeiter (mit)denken sollen. In diesem Fall, wenn die Identifikation mit dem Unternehmen durch aktive Mitarbeit entweder von Paragraphen oder Personen verhindert wird, entsteht die berüchtigte »Rädchen-im-Getriebe«-

Stimmung, die irgendwann in der inneren oder äußeren Kündigung endet – ein für alle Beteiligten unbefriedigender Zustand, der von Distanzierung, fehlender Eigeninitiative und beständiger Arbeitsunlust geprägt ist. Und schließlich kann das durch Leistungszurückhaltung und reduziertes Engagement gekennzeichnete Verhaltensmuster der inneren Emigranten als »bewußter passiver Widerstand über die zu erwartenden negativen Folgen der Beitragsleistungsminderung für das Unternehmen gewertet werden, in fortgeschrittenen Stadien auch als hilfloser Protest gegen die ungünstigen Umstände, verbunden mit unbewußten Konsequenzen wie z. B. Depressionen, weiterem Abbau der kognitiven Leistungsfähigkeit, der Motivation und Kreativität, Verflachung des emotionalen, sozialen und geistigen Lebens, psychosomatischen Beschwerden, Verzweiflung, Apathie und Sinnverlust« – so beschreibt der Berliner Experte Michael Faller in seiner Doktorarbeit die schleichenden Folgen innerer Kündigung. Und er geht noch weiter: »Bei permanenter, habitueller Arbeitsunzufriedenheit werden sich die Beziehungen zur sozialen Umwelt in Form von Reizbarkeit, Ungeduld, Vorwürfen etc. verschlechtern.«

Das in der Fachliteratur regelmäßig zitierte Paradebeispiel der außenzentrierten Disposition ist die öffentliche Verwaltung. Schon das Klischee des typischen Beamten ist nahezu gleichbedeutend mit innerer Kündigung: Staatsbedienstete haben kein Interesse an Auseinandersetzungen, sagen zu allem ja und amen, machen keine Vorschläge und lassen andere widerspruchslos in ihren Kompetenzbereich eingreifen – es sei denn, jemand will ihnen den pünktlichen Feierabend streitig machen.

Es soll hier kein Vorurteil aufgewärmt oder gefördert werden. Tatsächlich hat sich unter den Mitarbeitern der öffentlichen Verwaltung, wenn das Klischee überhaupt jemals auf die Mehrzahl zutraf, einiges verändert. Wir wollen aber Ursachen benennen, warum in öffentlichen Verwaltungen die innere Kündigung häufiger vorkommt als in anderen Wirtschaftsbereichen. Reinhard Höhn hat die dafür verantwortlichen Strukturen in dem Buch *Die innere Kündigung in der öffentlichen Verwaltung* beschrieben. Es geht dabei zum Beispiel um Beförderungsstau, unklare Kompetenzen und Verantwortlichkeiten oder um eine Bezahlung, die von engagierten Mitarbeitern als nicht leistungsgerecht empfunden wird. Übermächtige Hierarchien, die keinen Platz lassen für Eigeninitiative, rauben so manchem die einmal dagewesene Lust an der Arbeit. Dazu kommen Kompetenzbegrenzungen, die es den Mitarbeitern schwermachen, über den Aktenrand hinauszuschauen. »Das liegt nicht in ihrem Verantwortungsbereich« oder »Halten Sie bitte den Dienstweg ein« sind Sätze, die nicht gerade zur Eigeninitiative auffordern. Sie wirken wie eine Bremse. Mit der starren Haltung »streng nach Vorschrift«, erfahren viele schon nach wenigen Jahren in einer Behörde, kommt man eben doch am besten klar. Und wer bei seinen Bemühungen immer wieder mit dem Kopf gegen eine Wand aus Formularen, Sturheit oder Rangordnungen gestoßen ist, wird ziemlich bald freiwillig auf jede Art geistiger Beweglichkeit verzichten. »In der öffentlichen Verwaltung«, könnte man die strukturellen Probleme zusammenfassen, »kann man erst dann systemkonform arbeiten, wenn man die innere Kündigung schon vollzogen hat.«

Außenzentrierte Dispositionen für innere Kündigung:
- festgefahrene Strukturen in der Firma
- übermächtige Hierarchie
- geringe Kompetenzen
- mangelhafter Informationsfluß
- fehlende Transparenz der Entscheidungen »von oben«

- schlechte Bezahlung
- überforderndes Arbeitspensum
- Unterforderung
- bremsende, überforderte oder ungerechte Vorgesetzte
- keine Bestätigung der eigenen Arbeitsleistung
- ungerechtfertigte Kritik
- intrigante Kollegen

Natürlich treffen all diese Ursachen für eine innere Kündigung nicht nur auf Beamte oder andere Sachbearbeiter in der öffentlichen Verwaltung zu. Sie liegen hier nur, aufgrund der Unübersichtlichkeit und stark genormter Arbeitsformen, besonders nahe. Das gilt in ähnlichem Maße in der Wirtschaft, wenn es sich um große Unternehmen mit mehreren hundert oder sogar tausend Angestellten handelt. Oft sitzt auch dort die Ohnmacht des einzelnen schon so tief, daß sogar bei offensichtlich unsinnigen Vorschriften gar nicht mehr der Versuch gemacht wird, etwas zu ändern.

Alles Richtige kommt von oben

Richtlinien und Arbeitsvorschriften werden häufig von Führungskräften erlassen, die nur wenig von dem wissen, was ihre gutgemeinten Vorgaben für diejenigen bedeuten, die täglich damit zu tun haben. Ein Dialog, den ich vor kurzem an der Kasse eines Freizeitbades in Hamburg mitanhörte, soll hier stellvertretend für die objektive Hilflosigkeit uninformierter Mitarbeiter stehen. Sinngemäß spielte sich folgendes ab: »Ich hätte gern einen Geschenkgutschein«, bat eine Kundin. »Für welchen Tag«, wollte die

Kassiererin wissen. »Das wollte ich noch offenlassen«, meinte die Kundin. »Tut mir leid, das geht leider nicht«, bedauerte die Kassiererin. »Das ist aber ziemlich blöd. Ich kenne ja nicht den Terminplan desjenigen, dem ich den Gutschein zum Geburtstag schenken möchte.« Die Kassiererin zuckte nur mit den Schultern. Es schien ihr offenbar peinlich zu sein, zum x-ten Mal die gleiche Erklärung abgeben zu müssen: »Es tut mir wirklich sehr leid. Ich kann Sie gut verstehen, und Sie sind auch nicht die erste, die es dem Beschenkten überlassen möchte, wann er den Gutschein einlöst. Aber ich habe die Anweisung, nur Gutscheine mit festen Terminen zu verkaufen.« »Warum das denn«, wollte die ebenso hilflose Kundin wenigstens wissen, »an der Gefahr der Überfüllung Ihres Freibades kann es ja wohl kaum liegen.« Die Umstehenden grinsten, und die Kassiererin hinter der Glasscheibe wurde immer kleiner. »Ich kann es Ihnen leider nicht sagen. Ich habe angerufen und nachgefragt, aber keine Antwort bekommen. Mir wurde nur gesagt, der Verantwortliche sei nicht da und ich solle meine Einwände doch schriftlich vorbringen.« Und als die Zuhörer des kurzen Dialogs einhellig den Kopf schüttelten, setzte sie schnell hinzu: »Mit gesundem Menschenverstand kann man denen da oben offensichtlich sowieso nicht kommen.«

Mit Sicherheit hätte eine Erklärung der Anweisung dem Gespräch einen anderen Verlauf gegeben. Vielleicht hatte die auf den ersten Blick unsinnige Vorschrift sogar einen berechtigten Grund. Hätte jemand diesen auch der Kassiererin mitgeteilt, wäre ihr die Möglichkeit gegeben worden, sich vielleicht mit dem Standpunkt der Geschäftsleitung zu identifizieren und ihn der Kundschaft gegenüber selbstbewußt zu vertreten. So aber, da sie nichts von den betriebsinternen Entscheidungen wußte, andererseits aber täglich damit zu tun hatte, mußte sie den Eindruck bekommen, in den Augen ihres Arbeitgebers nur eine unwichtige »Erfüllungsgehilfin« zu sein. Kein Wunder, daß sie sich offen distanziert und innerlich von jedem Engagement für das Unternehmen verabschiedet.

Alternativen: Fehlanzeige

Das Privileg, sich seine Arbeit aussuchen zu können, haben nur noch sehr wenige Menschen in Europa. Die Arbeitsmarktlage ist in den meisten Branchen eher schlecht, die drohende Arbeitslosigkeit sitzt fast jedem Arbeitnehmer im Nacken, der nicht auf Lebenszeit verbeamtet oder aus anderen Gründen praktisch unkündbar ist. Wer würde es in dieser allgemeinen Situation einem frisch Ausgebildeten verdenken, eine Stelle anzunehmen, an der er von vornherein eigentlich nur wenig Interesse hat, weil sie seinen Neigungen und Fähigkeiten wenig oder gar nicht entspricht? Bei Unterzeichnung des Arbeitsvertrags sind die Aussichten vielleicht sogar noch ganz passabel, weil alles neu ist, das Gehalt stimmt und die Kollegen nett zu sein scheinen. Aber früher oder später stellt sich der Alltag ein, und die Arbeitsinhalte rücken in den Vordergrund.
Oder wer würde einer älteren Angestellten ernsthaft zur Kündigung raten, die zwar jeden Tag mit Bauchschmerzen ins Büro geht, aber keine Aussicht hat, eine andere Anstellung zu bekommen? In dieser mißlichen Lage befindet sich beispielsweise die 42jährige Regina, Datentypistin bei einem großen Technikkonzern. Morgens, wenn sie das Büro betritt, das sie mit fünf Kolleginnen teilt, würde sie am liebsten gleich wieder davonlaufen. Auf ihrem Schreibtisch stapeln sich bereits unzählige Belege mit Bezeichnungen wie »K2« oder »FP«, die sie in den Computer eingeben

soll. Sie weiß, im Laufe des Tages werden noch viele dazukommen. Was sie da eigentlich täglich in den Computer tippt, davon hat sie im Grunde keine Ahnung.
Insgeheim wünscht sie sich, in einem Unternehmen zu arbeiten, in dem es persönlicher zugeht und wo ihr jemand erklärt, wofür sie arbeitet. Mehrfach hat sich Regina auch schon um eine andere Anstellung bemüht. Ohne Erfolg. Aus Angst, arbeitslos zu sein, erzählt sie nicht einmal ihren Kolleginnen von ihrem täglichen Frust, geschweige denn ihrem Chef. Inzwischen hat sich ein stilles Agreement auch unter den Kolleginnen ergeben. »Wir reden zwar nicht darüber«, erzählt Regina, »aber wir arbeiten alle mit ungefähr dem gleichen Tempo, damit sie uns den Schreibtisch nicht noch voller packen. Und wenn eine neue Kollegin kommt, wird die dezent gebremst, falls sie zu schnell in die Tasten haut.«
Um wieviel angenehmer wäre wohl die Arbeitsatmosphäre in dieser Abteilung, wenn die Mitarbeiterinnen wenigstens wüßten, daß es sich bei den Daten, die sie mit schnellen Fingern eingeben, um Angaben der Kundendienstmitarbeiter handelt, die diese bei ihren Serviceterminen notiert haben? Und um wieviel größer könnte die Motivation sein, wenn sie sich auch noch ein wenig mit den Abläufen der Kundendienstabteilung auskennen würden? Wenn sie zum Beispiel wüßten, daß aufgrund der von ihnen eingegebenen Berichte die Provisionen der Techniker ausgerechnet werden. Sie hätten dann zumindest eine Chance, sich als wichtigen Teil des Ganzen zu sehen und nicht »wie eine beliebige Tippse«, wie Regina es ausdrückt.
So aber, aus Mangel an Alternativen, macht sie »Dienst nach Vorschrift«. Ihr tägliches Soll erfüllt sie ohne große Probleme, allerdings mit viel Unlust. Anfangs hatte sie noch Ideen, wie Arbeitsabläufe effektiver gestaltet werden könnten. Jetzt arbeitet sie stur den Stapel auf ihrem Schreibtisch ab.

... wenn nur die Kasse stimmt

Ein immer wichtigerer Aspekt für die Motivation von Mitarbeitern ist das Finanzielle. In einer Zeit, in der die Bereitschaft zu ehrenamtlichen Tätigkeiten schon fast dramatisch zurückgeht und die politischen Vorbildfiguren regelmäßig wegen Bestechung und anderer Gelddelikte in den Schlagzeilen sind, wird das Selbstwertgefühl vieler Menschen zwangsläufig von ihrem Jahresgehalt bestimmt. Die Qualität ihrer Arbeit gerät dabei immer weiter in den Hintergrund. Wenn schon die Arbeit nicht die spannendste ist, so das verständliche Motto, soll wenigstens der Kontostand stimmen.

Und es ist ja auch durchaus legitim, eine eigentlich eher unbefriedigende Tätigkeit auszuüben, um seinen Lebensstandard zu halten oder das frisch bezogene Eigenheim zu finanzieren. Allerdings schützt eine stattliche Summe, die am Ende eines Monats auf dem Gehaltsscheck steht, nicht vor innerer Kündigung. Im Gegenteil: Wer hohe finanzielle Verpflichtungen im Privatleben zu erfüllen hat, wird sich hüten, seinen Arbeitsplatz durch innerbetriebliche Kritik aufs Spiel zu setzen. Wer sich von viel Geld hat ködern lassen, identifiziert sich deshalb nicht stärker mit der Firma. Ebensowenig wie ein unzufriedener Mitarbeiter, den sein Chef durch eine Gehaltserhöhung zum Bleiben »überredet« hat. Die moralische Pflicht, sich kritiklos in die vorgegebenen Strukturen, und seien sie noch so demotivierend, einzufügen, steigt eher noch weiter an. »More money« bedeutet nicht gleichzeitig »more fun«.

Betrachtet man beispielsweise die unterbezahlten Pflegeberufe, müßten eigentlich alle Krankenschwestern, Altenpflegerinnen und Sozialarbeiterinnen längst innerlich gekündigt haben. Während sich die Angestellten in vielen anderen Branchen einen Urlaub in der Karibik leisten kön-

nen, schick angezogen sind und einen ausgiebigen Feierabend im eigenen Haus genießen, ist nach dem Blick auf den Kontoauszug einer Krankenschwester nur ein Billigurlaub und eine bescheidene Mietwohnung möglich. Vergleicht sie dann noch ihren täglichen Arbeitsaufwand mit dem vieler Besserverdienender, wäre eine innere Kündigung absolut verständlich. Was bekommt schon eine Altenpflegerin, die ihre Patienten nicht nur wäscht und füttert, sondern auch psychisch betreut? Was soll eine Krankenschwester mit einem Monatsgehalt von 2000 Mark sagen, die nicht nur das tägliche Elend auf einer Krebsstation verkraften muß, sondern auch noch im Schichtdienst arbeitet, der ihr Familienleben auf ein Minimum reduziert? Warum sollte sie sich für so ein mageres Einkommen über das Notwendigste hinaus engagieren?
Und trotzdem ist gerade in den sozialen Berufen die Identifizierung noch am größten. Der Schritt in die innere Kündigung ist eher selten, statt dessen das Burn-out-Gefühl weit verbreitet. Insofern ist eher ein Engagement bis zum Umfallen das große Problem in den Pflegeberufen, nicht der stille Rückzug in den Dienst nach Vorschrift.

»Mein Chef ist ein Tyrann«

Für die Identifizierung mit der Arbeit spielt der Chef beziehungsweise der direkte Vorgesetzte eine wichtige Rolle. Innere Kündigungen, so weiß man inzwischen, haben fast immer auch etwas mit Führungsfehlern zu tun. Stimmt dagegen die Chemie, können selbst schwierige Arbeitsbedingungen gemeinsam bewältigt werden. Ist der Abteilungsleiter bereit, seinem Team Verantwortung zu überlassen, und ist er in der Lage, auch unangenehme Entscheidungen verständlich »rüberzubringen«, kann schon allein daraus eine starke Loyalität der Firma gegenüber entstehen. Aber ein Chef, der das berühmte Wir-Gefühl in der Belegschaft herstellen kann, ist eben trotz des erfreulichen Trends zu mehr dezentralen Strukturen, Abgabe von Verantwortung auf untere Ebenen und Managerkursen ganz und gar nicht selbstverständlich.

Einer dieser seltenen Glücksfälle war zum Beispiel der Chef einer großen norddeutschen Spedition – zumindest bis vor einem Jahr. Er interessierte sich aufrichtig für die privaten Probleme der Angestellten, erkundigte sich nach dem gebrochenen Bein des Sohnes oder sprach mit ihnen offen über Veränderungen in der Auftragslage oder private Urlaubswünsche. Obwohl es sich um ein Unternehmen mit fast hundert Angestellten handelte, kannte er jeden einzelnen Mitarbeiter beim Namen, erinnerte sich an Dinge, die ihm jemand erzählt hatte und hörte zu, wenn jemand etwas zu kritisieren hatte. Kein Wunder, daß fast alle Angestellten gefühlsmäßig weniger für das Unternehmen als für ihn arbeiteten.

Dann aber kam eine lange, zermürbende Zeit mit Auftragsschwierigkeiten. In der daraus resultierenden angespannten Lage und Hektik schaffte es der Leiter der Spedition nicht mehr, seinen bewährten Führungsstil beizubehalten. Er wurde unaufmerksam, ungeduldig und zunehmend ungerecht. Er geriet in eine Art Teufelskreis: Das Arbeitsklima wurde rauher, und als Folge nahm die allgemeine Lust der Mitarbeiter ab, wie bisher ihr Bestes zu geben. Das wiederum ließ den einst so beliebten Chef noch unleidlicher werden. Schließlich machte er den Mitarbeitern den Vorwurf, undankbar zu sein. Weil niemand das Dilemma erkannte und ansprach, verbreitete sich unter der Belegschaft eine Trotzstimmung. Der »Wohlfühlfaktor« Chef war hinüber, die Arbeitslage blieb weiter schlecht, und so zogen

sich die Mitarbeiter mehr und mehr in die innere Kündigung zurück.
Ebenso wie der Wandel kann auch der Wechsel eines Chefs einiges auslösen, in negativer wie in positiver Hinsicht. Die bis vor wenigen Monaten noch latent unzufriedene Sekretärin Angelika strahlt heute eine optimistische Lebens- und Arbeitslust aus. Früher war sie schnell reizbar, fühlte sich oft schlapp und wußte nur wenig mit ihrer Freizeit anzufangen. Mit dem neuen Chef, der frischen Wind in den eingefahrenen, verknöcherten Arbeitsalltag brachte, änderte sich ihre Grundeinstellung. Er nimmt Angelikas Stärken wahr und fordert ihr eigenständiges Verhalten. Wenn irgend etwas nicht klappt, spricht er ruhig und sachlich darüber. Wenn etwas besonders gut läuft, lobt er sie. Angelika, die sich zuvor unterfordert und in ihren Fähigkeiten wenig ernstgenommen fühlte, blüht auf. Auch im Privatleben: Obwohl ihre Freizeit deutlich weniger geworden ist, unternimmt sie trotzdem mehr als vorher.
Manche Chefs unterfordern ihre Mitarbeiter, indem sie ihnen nichts zutrauen, und treiben sie damit in die Motivationslosigkeit. Fähigkeiten, die nicht genutzt werden, müssen so zwangsläufig verkümmern. Andere Vorgesetzte überfordern eher, weil sie es nie gelernt haben, die Fähigkeiten und Grenzen der Belastbarkeit anderer einzuschätzen. Wie selbstverständlich übertragen sie an Mitarbeiter Aufgaben, die eigentlich eine entsprechende Ausbildung, Erfahrung oder zumindest eine umfangreiche Einarbeitung erfordern. Nur die wenigsten Arbeitnehmer haben in dieser Situation den Mut, ihre Überforderung zuzugeben.
Allzu häufig wird dabei Überforderung mit Herausforderung gleichgesetzt. Die meisten Arbeitnehmer empfinden Verantwortung und Vertrauen in ihre Fähigkeiten, die ihnen Chefs entgegenbringen, grundsätzlich als positiv. Immer mehr Menschen in unserer Gesellschaft haben eine

hochqualifizierte Ausbildung und entsprechend hohe Ansprüche an die Arbeit. Während im Jahr 1988 nur jeder dritte Angestellte sinnvolle Arbeitsinhalte verlangte, war es drei Jahre später bereits jeder zweite, so zeigt eine BAT-Studie zur Berufstätigkeit und zum Freizeitverhalten.
Bezeichnenderweise wird nur selten eine fachliche Unfähigkeit des Chefs bemängelt, sondern vielmehr die Tatsache, daß er nicht richtig zuhört oder seine Mitarbeiter ungerecht behandelt. Der Hotelmanager, der selbst Urlaub macht, seiner Verwaltungsleiterin aber nicht freigibt, weil zu viel zu tun ist, fördert Unmut. Die subjektive Einschätzung »Meiner Kollegin gibt er immer die interessanteren Aufgaben« oder »Der kann mich eben einfach nicht leiden« kann der Startschuß für den Weg in die innere Kündigung sein.

Kollegen, Kollegen

Darüber hinaus gibt es durchaus noch andere Personen, die einen empfindlichen Einfluß auf das Betriebsklima haben – die »lieben« Kollegen zum Beispiel. Machtkämpfe, Intrigen oder Cliquenbildung können schnell dazu führen, daß ein einzelner isoliert dasteht. Wer im Betrieb oder Büro keine Vertrauten und Verbündeten hat, droht am frostigen Miteinander zu scheitern. Denn parallel zu den Ansprüchen in unserer Leistungsgesellschaft ist auch der Wunsch nach einem menschlichen Miteinander gewachsen.
Wie soll ein Mitarbeiter im Büro engagiert zu Werke gehen, wenn die Kollegen jeden Kontakt, der über das Notwendigste hinausgeht, meiden? Wie soll sich jemand wohlfühlen, wenn er regelmäßig beim Gang in die Kantine oder

zum Geburtstagsumtrunk einer Kollegin »vergessen« wird? Wie kann sich Selbstbewußtsein entwickeln, wenn niemanden zu interessieren scheint, was man gerade bearbeitet, welche Probleme dabei zu knacken sind oder welche Meinung man zu betriebsinternen Fragen hat?
Schon der erste Tag im Job kann Weichen stellen. Sympathisch oder unsympathisch, Konkurrenz oder Kollege, Freund oder Feind – der erste Eindruck ist extrem subjektiv, dafür aber nicht weniger entscheidend für die Qualität der zukünftigen Zusammenarbeit. Kommt der Neuling bei den Kollegen schlecht an, geben sie ihm oft keine Chance, seine sozialen Fähigkeiten überhaupt zu entwickeln. Man braucht schon ein ausgeprägtes Selbstbewußtsein, um bei solchen Einstiegsproblemen nicht an sich selbst zu zweifeln. Intuitiv bauen weniger Selbstbewußte sofort ein Schneckenhaus um sich herum, um sich nicht permanent verletzt fühlen zu müssen. Manche stürzen sich in die Arbeit, andere verstecken sich hinter der Unauffälligkeit. Beide sind in jedem Fall froh, wenn sie das Schneckenhaus nach Feierabend schnell wieder verlassen können. Keine Minute länger als nötig, ist das trotzige Motto, und kein Handschlag zuviel.

Typisch Beamte?

Die Erfahrung der inneren Kündigung haben auch Bernd (42), Lutz (35) und Martin (53) gemacht. Hochmotiviert nahmen die drei Bahnbeamten vor einigen Jahren die Herausforderung an, ein zuverlässiges Verfahren für die Wartung von Bahnanlagen zu entwickeln und bundesweit zu installieren – für das Unternehmen nicht wirklich von existenzieller Bedeutung, aber doch wichtig genug, um von

oberster Führungsebene beschlossen und in Auftrag gegeben zu werden.
Entsprechend enthusiastisch gingen die drei Fachleute in Hamburg ans Werk. Zwei weitere Teams in Köln und München, mit denen sie ständig im Austausch standen, waren ebenfalls an dem Projekt beteiligt, und schließlich mußten unzählige Dienststellen von dem neuen Verfahren überzeugt, eingewiesen und betreut werden. Keine leichte Aufgabe also, aber da alle Beteiligten anfangs von der Notwendigkeit und dem Sinn überzeugt waren, schaute niemand auf die Uhr, wenn sie öfters mal bis in den späten Abend am Computer saßen oder tagelang auf Rundreise von Dienststelle zu Dienststelle unterwegs waren.
Vor rund zwei Jahren wurde die Euphorie des Hamburger Teams zum ersten Mal gedämpft, als zu ihnen durchsikkerte, daß die Meinungen über das gesamte Projekt bereits auf der zweiten Führungsebene auseinandergingen. Verunsicherung machte sich langsam unter den drei unkündbaren Beamten breit, zumal nicht die Qualität ihrer Arbeit in Frage gestellt wurde. Es gab also nicht einmal sachliche Kritik, mit der sie sich hätten auseinandersetzen können. Es ging, vermuten sie inzwischen, im Zuge der Privatisierung der Bundesbahn vor allem um Machtspiele auf der mittleren Managementebene in der Zentrale.
Deshalb ließ sich das Team vorerst auch nicht entmutigen. Im Gegenteil, sie warben umso intensiver für ihr Projekt, führten aufwendige Schulungen durch, verhängten sich sogar selbst monatelange Urlaubssperren. Aber die Grundlage für einen Erfolg, die generelle Zustimmung von oben, blieb immer öfter aus. Die eine Führungshand wußte bald nicht mehr, was die andere machte.
Der abrupte Abstieg in die innere Kündigung folgte vor knapp einem Jahr, als sich abzeichnete, daß das Verfahren nicht eingesetzt und das Projekt langfristig aufgelöst wer-

den sollte. Nicht nur die Enttäuschung über das Scheitern des Projekts gab den entscheidenden Ausschlag, sondern vielmehr die Art und Weise, wie mit den drei Männern umgegangen wurde – oder besser, wie überhaupt nicht mit ihnen umgegangen wurde. »Für das riesige Unternehmen Bahn bin ich sicher ein kleines Licht«, sagt Martin stellvertretend für alle Beteiligten, »aber ich bin immerhin erwachsen, und wie ein Erwachsener möchte ich auch behandelt werden.«

Nur eine Frage des Charakters?

Schon in der Schule war Jochen, ein schlaksiger, zerbrechlich wirkender Junge, ein Außenseiter. Er fiel durch stets korrekte und teure Kleidung auf, ging jedem Streit aus dem Weg, raufte nicht auf dem Schulhof, kletterte nicht auf Bäume und hörte Mozart statt Meat Loaf. Er war kein besonders guter Schüler, aber auch kein schlechter, eben Durchschnitt. Gleich nach dem Abitur ging Jochen zur Universität und studierte Jura mit Nebenfach Psychologie, so wie es sein Vater gewollt hatte. Während seine Mitstudenten jobben mußten, um ihren Lebensunterhalt zu finanzieren, spielte er in seiner Freizeit Tennis oder Computerspiele. Für seinen Lebensunterhalt sorgten seine Eltern. »Wenn mein Sohn etwas auf dem Herzen hat, kann er jederzeit zu mir kommen«, erzählte sein Vater gern – obwohl Jochen dabei vor Scham hätte im Boden versinken können.

Vor Beendigung seines Studiums vermittelte ihm sein Vater, der im Vorstand eines großen Zeitungsverlages saß, eine Anstellung in der Rechtsabteilung. Jochen bekam ein passables Anfangsgehalt, kaufte sich eine kleine Wohnung und ein Auto. Tauchten Schwierigkeiten bei der Arbeit auf, konnte er sich jederzeit an seinen Vorgesetzten wenden, einen Freund seines Vaters, der ihm die Entscheidung abnahm oder sich für ihn stark machte.

Alles schien wunderbar zu laufen. So bemerkte niemand, daß der unauffällige Jochen, dessen Karriere vorgezeichnet war, ohne daß er sich besonders anstrengen oder Konflikte austragen mußte, an der Börse spekulierte. Ohne viel Ahnung von dem Geschäft zu haben, kaufte er Aktien in beträchtlicher Höhe – und verlor Geld. Je mehr Geld er durch seine Transaktionen in den Sand setzte, desto riskanter agierte er. Er wurde regelrecht süchtig, und nachdem er seine Wohnung und sein Auto verspielt hatte, griff er in die Firmenkasse. Prompt wurde er erwischt, und seine Kollegen, sein Vorgesetzter und vor allem seine Eltern fielen aus allen Wolken.

Was Jochen scheitern ließ, nennt die Psychologie »gelernte Hilflosigkeit«. Dem rundum versorgten jungen Mann fehlte jegliche Erfahrung, selbst Einfluß auf seine Umwelt nehmen zu können. Nur durch risikoreiches Spekulieren spürte er noch Auswirkungen seines eigenen Handelns, in beruflichen Belangen dagegen hatte er schon längst aufgegeben, sich zu engagieren. Die Arbeit war ihm im Grunde gleichgültig, und seine Kollegen langweilten ihn.

Heute findet Jochen, daß sein persönlicher Börsencrash »ein heilsamer Schock« war. Denn wäre es so weitergegangen, hätte er vermutlich in jeder anderen Firma wieder seine lethargische Arbeitshaltung eingenommen: ein Minimum an Aufwand und Auseinandersetzung, ohne dabei aufzufallen (und damit seinen Vater zu enttäuschen). Jochens innere Kündigung beruhte nicht auf äußeren Umständen, sondern war fest in seinem Wesen verankert.

Ichzentrierte Dispositionen für innere Kündigung:

- gelernte Hilflosigkeit
- Konfliktscheu
- Angst vor Veränderungen
- mangelnde Kenntnis der eigenen Wünsche
- überhöhte Erwartungen
- starkes Sicherheitsbedürfnis

»Arbeitszufriedenheit ist sowohl von der äußeren Situation als auch von der Persönlichkeit des Arbeitnehmers abhängig«, schreibt Wilfried Echterhoff in *Wieder Freude am Beruf*. Mit anderen Worten: Ob jemand in einer unbefriedigenden Arbeitssituation um Anerkennung kämpft oder sich hilflos in sein »Schicksal« fügt, ist auch eine Mentalitäts- und Charakterfrage. Im Arbeitsleben, ebenso wie in der Partnerschaft, gibt es Ursachen, die im Inneren des einzelnen, in seiner frühen Kindheit und der individuellen Sozialisation zu finden sind.

Solche ichzentrierten Dispositionen, die aus Konfliktscheu, Über- und Unterschätzung der eigenen Fähigkeiten oder unrealistischen Erwartungen entstehen, sind daran zu erkennen, daß sie weitgehend unabhängig sind von der Art der Tätigkeit, dem Betriebsklima, dem Chef oder den Kollegen. Wechselt ein zur inneren Kündigung Veranlagter die Arbeitsstelle, wird er mit großer Wahrscheinlichkeit ziemlich schnell in die gleiche Situation geraten wie zuvor. Beim ersten Konflikt, bei der ersten Kritik vom Vorgesetzten oder nach der ersten schnippischen Bemerkung einer Kollegin droht die »altbewährte« Trotzstimmung. Das Bedürfnis, sich in kritischen Situationen unangreifbar zu machen, legt die Fassade der inneren Kündigung gefährlich nahe.

Geradezu dramatisch kann sich die gelernte Hilflosigkeit auswirken, wenn der Betreffende seinen Arbeitsplatz verliert. Denn gerade in der Arbeitslosigkeit ist Eigeninitiative gefragt, um nicht in eine depressive Stimmung abzurutschen. Doch eben daran mangelt es jemandem, der ohnehin zum (Ver-)Schweigen, Hinnehmen und zum Rückzug in die innere Kündigung neigt.

In den seltensten Fällen allerdings sind nur ichzentrierte Dispositionen oder nur die äußeren Umstände schuld am Abrutschen in die innere Kündigung. Meistens kommt eins zum anderen. Die Konstellationen der Gründe, die zusammengenommen den Schritt in die innere Kündigung auslösen, sind fast immer auch ein unglückliches Aufeinandertreffen verschiedenster Faktoren.

Es geht deshalb in erster Linie darum herauszufinden, welchen Anteil die äußeren Umstände an der unbefriedigenden Arbeitssituation haben, mögliche Veränderungen realistisch einzuschätzen und sich möglichst ehrlich zu fragen, was jeder selbst dazu beitragen kann, die verlorengegangene Arbeitszufriedenheit zurückzugewinnen.

Schuld ist nicht das richtige Wort

Wo findet sich das erste Moment einer inneren Kündigung? Waren die Umstände schuld, der Chef, intrigante Kollegen, der Partner oder der Betroffene selbst? Wo ist die »Quelle«? Wer hat angefangen?

In den meisten Auseinandersetzungen dominieren diese Grundsatzfragen, manchmal ausdrücklich angesprochen, manchmal im Hintergrund versteckt. Während es im abhängigen Berufsleben sehr offensichtliche, konkrete Anhaltspunkte dafür geben kann (Mißachtung der Arbeitsleistung, Überforderung, eine ausgelassene Beförderung), an denen die Beteiligten den Beginn der inneren Kündigung festmachen und sich damit eine »Streitbasis« schaffen können, ist die Ursachenforschung in der Partnerschaft weit schwieriger.

So war es auch bei Nina und Claus ein komplexes Geflecht von Umständen, Verletzungen und geplatzten Träumen, die zur inneren Kündigung geführt haben. Der 39jährige Claus und die 40jährige Nina sind seit 12 Jahren verheiratet, haben drei Kinder und den Anspruch, eine moderne, aufgeklärte und vor allem nicht »spießige« Partnerschaft führen zu wollen. Und doch haben beide, jeder auf seine Art und zu unterschiedlichen Zeitpunkten, innerlich gekündigt.

Claus begann sehr früh sich zurückzuziehen. Er fühlte sich überfordert von dem, was auf ihn als zukünftigen Vater, »liebenden« Ehemann und Ernährer der Familie zukommen würde. Schon in seiner eigenen Kindheit hatte der Architekt die Erfahrung gemacht, daß die unterschiedlichen Bedürfnisse seiner Eltern zum offenen Eklat und zur Scheidung führten. Also suchte er sich stets Partnerinnen, bei denen er wenig zu verlieren hatte. Er war der Chef, hatte alles unter Kontrolle.

Bei Nina war das zum ersten Mal anders. Sie forderte ihn, stellte ihn zur Rede. Bei ihr konnte er sich nicht wie sonst in seine vielen Hobbys und Interessen flüchten, wenn ihm etwas zu nahe kam. Nina wußte, was sie wollte und suchte sehr bald den offenen Schlagabtausch. Sie hatte genaue Zukunftsvorstellungen: Sie wollte Kinder und sagte es ihm; sie wünschte sich einen ebenso starken wie zärtlichen Ehemann und zeigte es ihm; sie wollte einen leidenschaftlichen Liebhaber und legte ihm Bücher über Sex aufs Kopfkissen.

Ninas vehemente Forderungen drängten Claus in die Defensive. Statt sich einer gemeinsamen Beziehungsarbeit zu öffnen, zog er sich zurück und vernachlässigte seine Interessen dabei fast bis zur Selbstaufgabe. Er agierte nicht mehr wie früher, er reagierte nur noch auf die Anforderungen seiner Frau. Die Zukunftsgestaltung, sein Beruf, romantische Abende, die Geburtstage seiner Kinder – alles Schöne wurde Pflicht.

Mit den Jahren verschob sich das »Kräfteverhältnis«, und heute ist Nina diejenige, die in Kündigung lebt und sich außerhalb der Ehe engagiert. Ihr dominierendes Wunschbild war das einer intensiven Partnerschaft und einer intakten Familie, in der sie sich zumindest solange in der Rolle der Mutter und Hausfrau sah, bis die Kinder größer und unabhängiger sind. Obwohl Nina eigentlich eine Kämpfernatur ist, die sich engagiert für ihre Bedürfnisse und ihr Lebenskonzept einsetzt, schaltete sie dennoch innerlich auf Sparflamme, als sie feststellte, daß Claus in für sie wichtigen Fragen nicht mitzog.

Beide lebten lange Zeit mit dem Gefühl zusammen, nur noch die gemeinsamen Pflichten gegenüber ihren Kindern erfüllen zu müssen. In Bewegung kam die Beziehung erst, als Nina vor einigen Monaten ein Verhältnis zu einem anderen Mann einging.
Eine Ehe, aus zwei sehr verschiedenen Blickwinkeln betrachtet:

Claus
Die Rückschau: »Ich hatte immer ein starkes Bedürfnis nach Freiheit. Ich konnte mir nie vorstellen zu heiraten. Diese Enge, die ich damit verband, war der Horror für mich, und deshalb habe ich unsere Hochzeit auch hinausgezögert, solange es ging. Und dann hatten wir plötzlich ein Kind. Bei dem Gedanken, jetzt werde ich Papi, standen mir innerlich die Haare zu Berge. Es war einfach zu früh für mich, aber das war eben dann die Ausgangssituation unserer Ehe.
Nina hat sich viel Mühe gegeben, mir das Gefühl zu vermitteln, daß man auch mit Kind jung und frei sein kann. Wir sind mit dem Baby in Kneipen gegangen, haben Ausflüge gemacht. Ich glaube, Nina wollte sich auch selbst beweisen, daß sie als Mutter nicht so spießig ist wie ihre Eltern.
Trotzdem habe ich nicht das gemacht, was ich eigentlich hätte machen wollen, wenn ich allein gewesen wäre. Während Nina ihre Vorstellungen vom Muttersein leben konnte, habe ich wegen des finanziellen Drucks ein Schmalspurstudium gehabt. Mit dem Ergebnis, daß ich beruflich nicht das mache, was mir Spaß bringt, sondern mir einen sicheren Arbeitsplatz gibt. Insofern hatte ich immer das Gefühl, Nina den Rücken freizuhalten.
Sie hat ihren Arbeitsbereich damals eindeutig zu Hause gesehen und mir damit praktisch vorgegeben, die Ausbildung

schnell zu Ende zu bringen und Geld zu verdienen. Früher hatten wir gemeinsame Interessen wie Kino, Ausstellungen oder Theater. Da waren wir uns sehr nahe, und es ist auch jetzt noch so, wenn wir etwas zusammen unternehmen. Aber im Alltag geht das eben nicht so einfach mit drei Kindern und dem Geld, das ich verdienen muß.
Alles in allem hat Nina genau ihre Vorstellungen durchgezogen und mich damit an die Wand gedrückt. Früher hat es mir immer viel Spaß gemacht, meine Wohnung selbst einzurichten, ich habe gern gekocht, hatte meine Hobbys. All das habe ich Stück für Stück aufgegeben, weil Nina völlig dominant in allen Bereichen war, die mit unserem Haushalt und den Kindern zu tun hatten. Irgendwann habe ich dann eigentlich nichts mehr gemacht außer meiner Arbeit.«

Die Überforderung: »Das hängt sicher damit zusammen, daß Nina so vieles von mir erwartet hat, was ich ihr nicht geben konnte. Ich weiß, daß ich Fehler gemacht habe, zum Beispiel, viele ihrer Ängste einfach nicht gesehen habe. Sie brauchte jemanden für ihre Ängste, aber ich konnte mich einfach nicht richtig hineinversetzen. Sie hat mir auch ziemlich früh klargemacht, daß ich nicht väterlich bin und es daher auch gar nicht zu versuchen brauchte. Ich wußte aber, denn das hat sie mir oft genug erzählt, daß sie sich eigentlich nach einem väterlichen Partner sehnte. Sie wollte Zärtlichkeit und Schutz. Ich habe mich ehrlich bemüht, hatte aber permanent das Gefühl, ihr als Mann nicht zu genügen.«

Der Rückzug: »Im Gegenzug hat Nina das, was ich in unsere Beziehung eingebracht habe, nie mit mir geteilt. Sie mag meinen Musikgeschmack nicht besonders, also haben wir irgendwann nur noch ihre Platten gehört. Wenn ich in der Wohnung eine Lampe woanders hingestellt habe, stand

sie mit hundertprozentiger Sicherheit am nächsten Abend wieder auf ihrem alten Platz. Es waren so viele Kleinigkeiten, die sie mit einer unheimlichen Konsequenz blockiert hat. Aber das ist mir damals überhaupt nicht bewußt gewesen. Statt dessen habe ich mich freiwillig in meinen Interessen beschränkt, bis nichts mehr übriggeblieben ist.
Ich habe das mit mir machen lassen, weil ich mich nicht trennen wollte und gedacht habe, daß wir vielleicht ganz gut damit leben können, wenn wir uns in diesen Punkten einfach zufrieden lassen. Heute ist mir klar, daß es ein Fehler war, weil ich mich von mir selbst abgeschnitten habe. Und je passiver ich wurde, desto mehr hat Nina unternommen. Als die Kinder älter wurden und deshalb nicht mehr so viel Arbeit bedeuteten, ist sie immer aktiver geworden. Sie hat sich ihren eigenen Freundeskreis aufgebaut, hat sich in einer Bürgerinitiative engagiert. Und je autonomer und unabhängiger sie wurde, desto abhängiger fühlte ich mich. Es ging mir nur noch darum, wenigstens meine Rolle als Ehemann und Vater vernünftig hinzubekommen. Dazu fühle ich mich wegen der Kinder auch heute noch verpflichtet.«

Die Zukunft: »Ich habe mich in den letzten zwei Jahren zunehmend auf ein Nebeneinanderher eingestellt. Ohne Zärtlichkeit, ohne Gemeinsamkeiten neben den Kindern, ohne Sexualität. Nur der Alltag hat geklappt. Ehrlich gesagt bin mir nicht sicher, ob unsere Ehe diese Phase überleben wird.
In diesem Zusammenhang werfe ich Nina vor, daß sie mich mit ihrem Egotrip entmächtigt hat. Depotenzieren heißt das ja wohl in der Fachsprache. Mein momentanes Gefühl ist das einer grenzenlosen Machtlosigkeit in unserer Beziehung. Ich kann Purzelbäume schlagen, ich kann ihr Geschenke oder Komplimente machen, ich könnte sogar

fremdgehen – alles bleibt ohne Eindruck. Ich habe keine Möglichkeiten mehr.
Mir selbst werfe ich vor, daß ich mich so habe ausbremsen und reduzieren lassen. Jetzt fühle ich mich nackt wie ein Säugling und muß sehen, wie ich wieder etwas zum Anziehen finde. Ich will mich im Gunde nicht von Nina trennen, weil ich weiß, daß mit einer anderen Frau irgendwann sowieso wieder die gleichen Probleme aufkommen würden. Außerdem habe ich überhaupt keine Lust, mich von meinen Kindern zu verabschieden oder den Wochenendpapi zu spielen. Aber eine Perspektive für die Zukunft unserer Ehe sehe ich nur dann, wenn wir auch wieder tiefere Gefühle füreinander entwickeln können. Und das geht nur, wenn sich wirklich einiges in unserem Zusammenleben ändert. Warum sollten sich dann nicht auch die Gefühle ändern können? Schließlich haben sie sich im Laufe unserer 12jährigen Ehe schon mehrfach geändert.«

Nina

Die Bestandsaufnahme: »Ich habe mich in Claus verliebt, weil ich seine Leichtigkeit faszinierend fand, diese Aktivität, das Engagement, das er für alle möglichen Sachen entwickeln konnte. Mein Gefühl war ganz klar, mit diesem Mann möchte ich zusammensein. Als er mir ganz am Anfang dann mal gesagt hat, daß er mich nicht lieben kann, weil er sich selbst so wenig liebt, habe ich gedacht, mit meiner Liebe werde ich es schon schaffen. Das ist, glaube ich, eine typisch weibliche Sichtweise: zu denken, daß man so einen Mann mit wahnsinnig viel Liebe schon hinbekommt. Ich habe gedacht, wenn er einmal spürt, wie es ist, geliebt zu werden, dann wird er selbst liebesfähig und wird mir alles das zurückgeben. Aber es hat nicht geklappt.
Ich habe immer von einer liebevollen, zärtlichen Beziehung

geträumt, in der ich mich aufgehoben fühlen kann. Dazu gehörte auch, daß ich Kinder wollte und sie nicht von einem Kindermädchen betreut werden sollten wie bei meiner Mutter. Ich wollte die Kinder voll und ganz, sie hatten absolute Priorität. Als ich zum ersten Mal schwanger wurde und Claus eigentlich noch kein Kind wollte, habe ich mir gedacht, dann ziehe ich es eben alleine groß und irgendwie läuft mein Leben schon weiter. Auf der anderen Seite hatte ich weiter diese Idee im Kopf, das Abitur nachzuholen und zu studieren. Das war zu dem Zeitpunkt bestimmt ziemlich naiv, aber schließlich gibt es noch ein Leben nach den Kindern, und da will ich nicht in einem Job arbeiten, der mich nicht interessiert.
Mit diesem Widerspruch ist Claus überhaupt nie klargekommen. Er will eine Frau, die von ihm abhängig ist, die er zwanzigmal betrügen und dann beiseiteschieben kann. Es lähmt ihn total, wenn er eine Frau hat, die, wie ich jetzt, sehr eigenständig und unabhängig ist. Manchmal denke ich, er ist wie ein großes Kind, das immer nur nehmen, nehmen, nehmen möchte, aber nie begriffen hat, daß es auch etwas geben muß.
Ich weiß, daß am Anfang meine Direktheit und meine Gefühlsintensität Claus ziemlich überrumpelt und an die Wand gedrückt haben. Ich wollte eine große, intakte Familie, und Claus wußte auch, daß ich nicht mehr verhüte. Als reifer Mann hätte er wenigstens sagen können, ich will nicht oder Präservative besorgen. Aber er hat sich kein bißchen darum gekümmert, mich statt dessen später mit Zärtlichkeitsentzug gestraft, weil ich zu früh schwanger geworden bin. Aber er hat nie gesagt, dann verzichte ich eben auf dich, weil mir die Freiheit lieber ist. Ich glaube, insofern waren meine eindeutigen Gefühle für ihn beängstigend, aber eben wohl auch faszinierend.«

Die Enttäuschung: »Meine erste Schwangerschaft war für Claus eine Katastrophe. Ich habe mich so gefreut, schwanger zu sein und das von einem Mann, den ich liebe und bei dem ich mir gefühlsmäßig sicher war, daß ich mit ihm auch ein Kind will. Bei ihm herrschte dagegen Panik und absolutes Gefühlschaos. Statt sich mit der Situation auseinanderzusetzen und Position zu beziehen, hat er sich in eine Affäre gestürzt. Das war ein großer Schock für mich und durch sein Fremdgehen, während ich mit seinem Kind schwanger ging, ist ein großes Stück meines Vertrauens schlagartig zerbrochen.

Die ganze Schwangerschaft war dann ein Ausdruck dieser Umstände, ich hatte ständig Blutungen und war oft krankgeschrieben. Und nebenbei wollte ich ihm auch noch unbedingt beweisen, daß ich eine Mutter bin, die alles locker nimmt, weil er vorher so oft von seiner Angst gesprochen hat, ich könnte so eine spießige Übermutter sein, die sich an ihre Kinder klammert und sie immer sauber und adrett anzieht. Also bin ich hochschwanger mit ihm noch in Kneipen gegangen.

Bei meiner zweiten Schwangerschaft war das nicht viel anders. Ich war glücklich, als ich es ihm an meinem Geburtstag gesagt habe, und er bekam gleich so massive Zahnschmerzen, daß wir nachts in die Praxis eines Freundes gefahren sind und ich meinen Geburtstag mit der Frau unseres Zahnarztes gefeiert habe, während er auf dem Behandlungsstuhl saß. Im Anschluß sind wir dann nach Teneriffa gefahren in unsere nachträglichen Flitterwochen, und er hat mich mehr oder weniger nicht angerührt, weil er mit einer schwangeren Frau sexuell nichts anfangen konnte. Ich habe nur geweint.

Da habe ich mich zum ersten Mal gefragt, warum ich das eigentlich mache, warum ich von diesem Mann noch ein Kind bekomme. Und ich habe langsam gemerkt, daß ich einem Wunschbild hinterherlaufe. Ich wollte ein Leben mit vielen Kindern, ein Bauernhaus und eine Familie. Es war dieses Bild aus *Die Kinder von Bullerbü*: Kinder, Tiere, Pflanzen und darin irgendwie eingebettet sein in eine gute Beziehung.

Claus hatte dagegen das Bild einer unheimlich starken Frau von mir, die genau weiß, wo es langgeht, immer optimistisch ist. Ich wollte diesem Bild entsprechen, aber im Grunde habe ich darunter gelitten, weil ich auch ganz andere Seiten habe. Ich habe auch Momente, in denen ich ganz verzweifelt bin. Die habe ich mit Claus nie leben können. Wenn ich down war, habe ich das wegstecken müssen.

Dafür habe ich Claus aufgebaut, wenn er traurig oder verzweifelt war. Es gab viele Situationen in unserer Ehe, in denen ich ihm gezeigt habe, daß ich ihn sehr liebe. Und dann war da mein Traum, daß ich aufs Glatteis gehe und Claus am Rand des Sees steht und gar nichts macht. Ich brauche Streicheleinheiten, Wärme und Zuwendung, und er guckt nur zu, wie ich versinke. Diese Fantasie ist immer stärker geworden, genauso wie meine Höhenangst.«

Der Rückzug: »In unserer 12jährigen Ehe haben wir viele Tiefpunkte gehabt und Bedürfnisse, die vom anderen nicht erfüllt wurden. Mir jedenfalls hat für ein echtes Zusammenleben unheimlich viel gefehlt. Dafür mache ich Claus nicht verantwortlich, und er ist auch nicht schuld, aber so war es nun mal. Ich habe irgendwann begriffen, daß dieser Mann mit meinen Ängsten nicht umgehen kann. Ich kann mich nicht an ihn wenden, und später wollte ich das auch gar nicht mehr.

Ich bekam immer stärker das Gefühl, ich stehe für mich allein und muß für mein Seelenheil selbst sorgen. Nachdem ich immer wieder das Gespräch mit Claus gesucht hatte

und er es mir verwehrt hat, habe ich es begriffen. Ich habe immer seltener über unsere gemeinsame Zukunft nachgedacht und wenn, dann eigentlich meistens unter dem Motto: Wenn er mich weiter so behandelt, kommt irgendwann einmal ein Mann, der anders mit mir umgehen wird, und dann werde ich auch anders leben.
In dieser Zeit habe ich mich verstärkt in meinen Freundeskreis zurückgezogen, neue Kontakte gesucht und alte gepflegt. Das hat mich sehr viel Kraft gekostet, aber ich habe es gemacht. Ich brauchte einfach Menschen. Menschen, die mir das Gefühl gaben von Geborgenheit und Vertrauen. Von Claus bekam ich es nämlich nicht, und deshalb habe ich mich in dieser Phase in meinem tiefsten Inneren ein gutes Stück von ihm verabschiedet. Praktisch lebe ich ja ohnehin schon lange wie eine alleinerziehende Mutter.«

Die Zukunft: »Inzwischen habe ich eine Schutzmauer Claus gegenüber aufgebaut, weil ich nie mehr so verletzt werden möchte. Es tut mir in der Seele weh, daß er so unter meiner Autonomie innerhalb unserer Beziehung leidet, aber ich kann mich im Moment einfach nicht anders verhalten.
Trennung ist für mich erst einmal nicht die Frage, weil ich mit den drei Kindern ganz allein nicht zurechtkomme. Also halte ich unsere Ehe aufrecht, so gut es geht. Für mich sind momentan andere Dinge wichtiger, zum Beispiel, daß ich noch eine Ausbildung machen kann, um später in einem Beruf zu arbeiten, der mich wirklich interessiert und fordert. Das würde unseren Alltag ganz schön verändern.
Wenn ich mich jetzt für meine Ehe entscheide, heißt das natürlich nicht, daß ich wieder zärtliche Gefühle für Claus empfinde. Es ist eine Entscheidung, die nicht aus dem Bauch kommt, sondern aus dem Kopf. Ich mache mir nichts mehr vor, im Moment ist die Situation für ihn massiv

bedrohlich, weil ich mich so unabhängig mache. Jetzt kämpft er um mich. Die Frage ist doch, ob Claus mich wirklich anders sehen kann, nicht wie ein Möbelstück, das ganz hübsch ist und eigentlich nur auffällt, wenn es fehlt. Ich will Claus auch gar nicht die Schuld an allem geben. Ich will nur meine Gefühle, meine Wut zeigen können. Vielleicht wird es dann irgendwann von selbst besser.«

Eine Absage an den Märchenprinzen

»Liebe leiht Flügel. Aber es sind wächserne, die an der Fackel der Ehe schmelzen.«

Russisches Sprichwort

Die meisten Menschen haben ihre eigenen Vorstellungen davon, was für eine intensive Partnerschaft wichtig ist. Liebe allerdings zählt für fast jeden dazu. Ohne die romantische Liebe, darin sind wir uns einig, ist Partnerschaft oder Ehe fade und eigentlich kaum ihr Dasein wert. Liebe ist eines der stärksten Gefühle und damit gleichsam der gemeinsame Nenner, den wir vom Partner und uns selbst erwarten, um uns fest zu binden. Sie ist das Maß aller Beziehungsdinge, kleinere Unstimmigkeiten und Disharmonien haben vor ihr in den Hintergrund zu treten. »Liebe vereinfacht das Leben«, bemerkte dazu einmal der deutsche Roman- und Glossenschreiber Hans Reimann mit einem Schmunzeln, »man hat dann nichts anderes im Sinn.«
Dabei ist die auf Liebe gebaute Partnerschaft noch gar nicht so alt. Erst vor gut hundert Jahren, in der letzten Hälfte des vergangenen Jahrhunderts, nahm die romantische Liebe allmählich auch für normal Sterbliche und nicht nur für Könige und Fürsten den Platz der von wirtschaftlichen Überlegungen dominierten Verbindungen ein. Der massenhafte Umzug vom Land in städtische Zentren und die Arbeit in Fabriken drängte die ökonomische Zweckehe zunehmend in den Hintergrund. Die Männer begannen,

nicht mehr zuerst auf die Belastbarkeit und das Arbeitsvermögen der zukünftigen Gattin zu schauen, sondern auf ihre Schönheit. Frauen entschieden sich nicht mehr nur für einen Ehemann, weil er zwanzig Hektar Boden und vierzig Kühe besaß, sondern weil sie ein Kribbeln im Bauch spürten, sobald sie ihm auf der Straße begegneten.
In ihrem Buch *Der zweite Versuch* schreiben die amerikanischen Psychologen Ellen MacCormack und Louis Janda: »Ein neues Zeitalter war angebrochen – ein Zeitalter, in dem sich die Überzeugung breitmachte, man müsse nur den richtigen Partner finden, dann könne man sich verlieben, heiraten und ewig miteinander glücklich sein.« Der romantische Mythos, daß Glück vom Himmel fällt, war geboren.
Aber so schön der neue »Luxus« war, sich gefühlsmäßig und nicht mehr aus reinen Vernunftgründen für einen Menschen zu entscheiden – die neue Freiheit brachte auch Probleme: »Das Nachlassen der Bedeutung ökonomischer Gründe für eine Heirat hinterließ ein Vakuum, das alsbald mit Phantasien von Prinzen und Prinzessinnen angefüllt wurde«, wenden zum Beispiel MacCormack und Janda ein. Einerseits begannen aufregende, wildromantische Zeiten für die Liebe, das große Glück und gebrochene Herzen; andererseits entstand ein nicht ganz ungefährliches Vorurteil, das sich bis heute hartnäckig hält, nämlich daß wahre Liebe, dieses unergründliche Herzflimmern der Seele, ewig währt. Von daher wird auch der unglaubliche Druck verständlich, der seit jener Zeit auf der »glücklichen Ehe« lastet: In einer Partnerschaft, in der nüchterne Absprachen nötig sind, Streite ausgetragen werden und in manchen Situationen sogar Haß aufkommt, kann es mit der Liebe nicht weit her sein.
Das Problem ist, daß wir die romantische Liebe nicht einfach nur genießen, sondern sie gleichsam zum Standard

erheben wollen. Der Sozialkritiker Denis de Rougement formuliert das fatale Mißverständnis dabei ziemlich drastisch als »eines der pathologischsten Experimente in der Geschichte der zivilisierten Gesellschaft, nämlich die Ehe, die von Dauer ist, auf der romantischen Liebe zu begründen, die eine vorübergehende Leidenschaft ist.«
Es ist logisch, daß bei solchen Ansprüchen Enttäuschungen vorprogrammiert sind. »Aus der Sehnsucht nach der Verschmelzung und dem Unendlichkeitsbedürfnis der Liebe heraus werden die Liebenden in die Endlichkeit und Härte des realen Daseins zurückgedrängt«, schreiben Stephan Lermer und Hans Christian Meiser in ihrem Buch *Lebensabschnittspartner – Die neue Form der Zweisamkeit.* Wer die Phase der Verliebtheit als Maßstab für eine langjährige Ehe oder Partnerschaft anlegt, darf sich nicht wundern, wenn er irgendwann hart von der Wolke fällt. Die Autoren stellen weiter fest: »Im Stadium der Verliebtheit sind wir – wie das Sprichwort sagt – blind, d. h. wir transponieren unsere eigenen Vorstellungen in den anderen und entdekken sie anschließend wie in einem Spiegelbild. Legt sich die Verliebtheit jedoch, werden wir wieder sehend, und wir finden im Spiegel nicht mehr uns selbst, sondern stoßen überrascht auf etwas Neues, Fremdes. Dennoch weigern wir uns, Veränderung, Wandlung anzuerkennen. Wir suchen den endlosen Augenblick, die Ewigkeit in der Sekunde.«
Wer dem anderen ein Leben lang so gefallen will wie in den ersten Wochen, setzt sich unter einen Druck, dem er kaum standhalten kann. »Liebe«, konstatiert der Hamburger Paartherapeut Michael Cöllen, »bedeutet eben nicht nur ein bestimmtes Gefühl, sondern viele gleichzeitig, unterschiedliche, sich widersprechende. Liebe ist nicht nur Harmonie, sondern auch Untreue, nicht nur Seligkeit und Leidenschaft, sondern auch Haß, Verletzung und Abgrenzung.«

Diese Erkenntnis ist zwar nicht neu, gleichwohl bestehen viele von uns klammheimlich weiterhin darauf, daß uns der Partner die geheimsten Wünsche von den Augen abliest, statt sie ihm auf unromantische Weise einfach mitzuteilen. Obgleich nahezu alles, was das partnerschaftliche Zusammenleben betrifft, inzwischen gesagt oder geschrieben wurde, haben die meisten von uns es immer noch nicht gelernt, echte Intimität offen auszuleben. Wenn es um Sehnsüchte und Hoffnungen und Ängste geht oder darum, sexuelle Wünsche zu äußern, reden wir weiter um den heißen Brei herum – manchmal, weil wir nicht die richtigen Worte finden, weitaus öfter aber, weil sich das gesprochene Wort nicht mit unserer romantischen Idee von wahrer Liebe verträgt.

Viel zu oft bleiben wir deshalb im Alltag stecken. Abwasch, Kindererziehung und die abendliche Freizeitbeschäftigung müssen sich plötzlich am Paradies der romantischen Liebe messen. Wer dann dem sogenannten Flitterwochensyndrom erliegt und erwartet, daß der Partner sich weiter so verhält wie in den ersten überschwenglichen Monaten, daß er seine individuellen Bedürfnisse der Liebe unterordnet und unausgesprochene Wünsche intuitiv erahnt, wird in aller Regel Enttäuschungen erleben, die ohne eine offene und ehrliche Auseinandersetzung darüber zum stillen frustrierten Rückzug oder zur Trennung führen.

Die fatalen Folgen einer ausschließlich passiven Erwartungshaltung behandelt Wolfgang Schmidbauer in seinem Buch *Alles oder nichts. Über die Destruktivität von Idealen*. Ein Beispiel aus der Analyse eines 37jährigen Mannes, der sein Dilemma ziemlich klar beschreiben, aber trotzdem (noch) nicht aus seiner Haut kann: »Am schönsten wäre es, wenn mir meine Frau meine Wünsche erfüllen würde, ohne daß ich sie sagen muß. Ich könnte mich dann immer groß und erwachsen fühlen. Aber das tut sie nicht. Eigentlich weiß ich auch, daß es unsinnig ist, das zu erwarten, dieses absurde Liebesideal, einander die Wünsche von den Augen abzulesen. Das möchte ich letztlich doch gerne. Wenn ich ihr konkret sage, was ich will, dann bin ich sehr schwach. Ich fühle mich ausgeliefert und bin auch ganz starr und sehr beleidigt, wenn ich es nicht bekomme.«

Hinter einer solchen Wunschhaltung steckt neben den persönlichen Kindheitserfahrungen auch das weit verbreitete Mißverständnis, Liebe würde bedeuten, identische Bedürfnisse zu haben. Und selbst wenn wir diese unsinnige Verkettung von Zuneigung und Zueinanderpassen grundsätzlich durchschauen, fällt es uns wie im eben beschriebenen Fall doch oft schwer, in den konkreten Situationen auszudrücken, daß man nicht das gleiche will wie sein Partner oder sich etwas wünscht, was der andere nicht automatisch erfüllen kann oder überhaupt erfüllen will.

Menschen, die ihr privates Glück ausschließlich auf den Einziggeliebten oder die Einziggeliebte stützen, haben entsprechend viel zu verlieren. Sie neigen deshalb dazu, Unstimmigkeiten im Alltag kommentarlos herunterzuschlukken und zu verdrängen, um bloß nicht das »große Ganze« zu gefährden. Lieber ziehen sie sich innerlich zurück – zuerst in einzelnen, scheinbar unwichtigen Punkten, später dann in ihrer Grundhaltung –, als sich den häufig mühsamen Konflikten im alltäglichen Zusammenleben zu stellen. »Wenn du alles für mich bedeutest, wage ich nicht, dich zu kränken«, lautet das Motto, welches vom amerikanischen Autorenehepaar Amy Bjork und Thomas Harris (*Einmal o.k. – immer o.k.*) behandelt wird. »Es ist schwer, aufrichtig mit jemandem zu sein, den man so sehr braucht. Mit bestürzender Geschwindigkeit nimmt die Beziehung die Gestalt eines ›A‹ an: Beide lehnen sich aneinander an, wobei es ums nackte Überleben, nicht um die Liebe geht.«

Das nackte Überleben meint in manchen Fällen das fast krampfhafte Festhalten an einer Harmonie, die bei genauerem Hinsehen gar nicht mehr existiert oder womöglich noch nie existiert hat. Zu sehr, fürchten wir, könnte der Abstieg aus den Gefilden der »wahren« Liebe an den Grundfesten der Beziehung rütteln. Also halten wir lieber fest an dem romantischen Ideal, in das wir uns verliebt haben. Festzustellen, daß der Partner auch noch andere Seiten hat als die, die er in seiner Verliebtheit gezeigt hat, ist allemal ein schmerzlicher Prozeß. Also lassen wir ihn lieber auf dem Thron, auf den wir ihn selbst gehoben haben.
Es ist vollkommen normal, daß das reine und uneingeschränkte Gefühl der Verliebtheit mit der Zeit schwindet. Im besten Fall wird es von Empfindungen wie Zuneigung, Vertrautheit und gegenseitiger Achtung ersetzt und entwickelt sich zu einer Partnerschaft, die auf dem offenen Wechselspiel von Distanz und Nähe, Auseinandersetzung und Kompromiß beruht. Erst wenn es nicht mehr um das nächste prickelnde Aufeinandertreffen, sondern um die Launen des Alltags geht, legen wir die Grundsteine für eine enge »Zusammenarbeit« in der Zweisamkeit.
Es geht nicht darum, den Zauber der Gefühle schlechtzureden und die Entscheidung für oder gegen eine Bindung wieder zur Kopfentscheidung zu machen. Aber die Liebe besteht eben doch nicht aus freischwebenden Molekülen, die einen wie ein Krankheitsvirus erwischen oder verpassen. Spätestens wenn man die erste gemeinsame Wohnung renoviert, wird die Liebe auch zur Geschmackssache. Sie löst sich von der schönen Vorstellung und heftet sich an die realen Eigenschaften des anderen. Die Liebe braucht dann Boden unter den Füßen.
»Liebe und Zuneigung bewegen sich offenbar nicht in derselben Dimension«, betonen Louis Janda und Ellen MacCormack zu Recht. »Wir können einen Menschen sehr

mögen, aber wenn der Funke nicht überspringt, wird niemals Liebe daraus entstehen. Andererseits können wir uns in jemanden verlieben, den wir kaum kennen.« Jemanden zu lieben heißt nicht, automatisch auch bestens mit ihm auszukommen – eine Tatsache, die für den tragischen Verlauf in so mancher Partnerschaft und Ehe verantwortlich ist.

In der ersten Phase der Ernüchterung, wenn der Partner aus der Rolle des Traumprinzen schlüpft und sich als »gewöhnlicher«, ebenso liebens- wie manchmal auch hassenswerter Mensch entpuppt, wenn er sich nicht mehr nur um das Wohl des Partners bemüht, sondern beginnt, auch seine ganz individuellen Interessen wiederzuentdecken, kann sich bereits andeuten, ob einer der Beteiligten oder gar beide zur inneren Kündigung neigen oder nicht. Wer schon den kleinsten Auseinandersetzungen ausweicht, um nur keine Mißstimmung aufkommen zu lassen, legt damit den Grundstein für einen stillen Rückzug.

Die Frage, ob man jemanden gleichzeitig lieben und hassen kann, ist längst mit einem klaren Ja beantwortet, und doch weigern sich viele von uns, unangenehme Gefühle dem Partner gegenüber zuzulassen, die das erhoffte ewige Liebesideal zu beschmutzen oder sogar zu zerstören scheinen. Dabei ist, wie die Psychologie weiß, eher das Gegenteil der Fall: Wer sich sicher ist, trotz einiger geplatzter Seifenblasen mit seinem Partner leben zu wollen und sich traut, Schwächen in der Beziehung zu erkennen und offen anzusprechen, wird aktiv nach gemeinsamen Lösungswegen suchen und sie vermutlich auch finden.

Das Schweigen der Männer

Es hat sich einiges getan seit dem Beginn der Emanzipationsbewegung. Frauen haben sich von einem ganzen Haufen überlebter Konventionen befreit, viele von ihnen leben inzwischen wie es ihnen gefällt. Sie sind vor allem auch wirtschaftlich und damit gleichsam emotional unabhängiger geworden. Frauen engagieren sich in Initiativen, Institutionen oder gehen in die Politik, wenn sie gesellschaftlich etwas verändern wollen. Gelegentlich werden sie sogar schon auf den Chefsesseln bedeutender Wirtschaftsunternehmen gesichtet. Und, darüber ist man sich zumindest in der Theorie einig, der weibliche Aufstieg im Beruf dürfte eigentlich nicht aufzuhalten sein: Frauen sind die besseren Führungskräfte, weil sie, wenn es darauf ankommt, nicht nur genauso dominant, hart und durchsetzungsfähig sein können wie Männer, sondern darüber hinaus einiges mehr von der menschlichen Seele verstehen. Sie beherrschen inzwischen beides, das traditionell männlich besetzte Machtwort ebenso wie das feinfühlige Führen. Kein Wunder also, daß Frauen nachgesagt wird, sie könnten besser motivieren, schlichten und sich dabei auch noch für ihre ganz persönlichen Karriereinteressen stark machen.
Der Grund für den psychologischen Vorsprung ist offensichtlich: Frauen waren schon immer die besseren »Beziehungsarbeiterinnen«, sie bringen das Know-how für den menschlichen Umgang quasi von zu Hause mit. Emotionale Befindlichkeiten und alles, was im weitesten Sinne

damit zusammenhängt, sind von altersher das angestammte Terrain der Frauen. Sie sind es, die Beziehungsfragen zum Thema machen, die einen intensiven Austausch einfordern und die in der Regel das Schweigen brechen, wenn ungeklärte Spannungen im Raum stehen.
Männer dagegen, schreibt Allan Guggenbühl in seinem Buch *Männer, Mythen, Mächte*, Männer »wirken oft ziemlich unbeholfen und drohen zu verstummen, weil sie es nicht gelernt haben, ihre Gefühle in Worte zu kleiden.« Die amerikanische Sozialwissenschaftlerin Shere Hite kam in ihrer Studie *Frauen und Liebe* dann auch zu dem wenig überraschenden Ergebnis, daß es meist die Frauen sind, die zwischenmenschliche Auseinandersetzungen initiieren. Beachtliche 88 Prozent der befragten Amerikanerinnen gaben zu Protokoll, daß ihre Partner allen Problemgesprächen so lange aus dem Weg gehen, bis es zum unvermeidlichen Eklat, zum handfesten Streit kommt. In Deutschland dürfte das Verhältnis kaum anders aussehen: Der soziale Stamm- und Tummelplatz des Mannes ist eben auch hier nicht die Familie, sondern immer noch das sachliche Gespräch mit dem Geschäftspartner, ein Plausch über die Weltprobleme am Lieblingstresen und das Sofa mit der TV-Fernbedienung in der Hand:

- Mit dem Geschäftspartner besprechen sie Sachfragen, und wenn es sich ergibt, fällt auch schon mal das eine oder andere persönliche Wort – jovial, abgeklärt und meistens unverbindlich.
- Am Stammtisch äußern sich Männer über die aktuelle Regierungsarbeit oder den Angriff der heimischen Fußballmannschaft – in harten Statements, kopfgesteuert und auf Unwiderlegbarkeit angelegt.
- Schließlich sind Männer »Zapper«: Sie schalten um, wenn ihnen das Programm unangenehm wird oder zu wenig Action enthält. Und falls sie einem Problem doch

einmal nicht ausweichen können, weil sie einer lebendigen Person gegenübersitzen, die sich nicht einfach abschalten läßt, stellen sie sich gar zu gerne einfach tot.

Das Schweigen der Männer auch in der modernen Beziehungswelt ist empirisch belegt: Rund acht von zehn Frauen vermissen schon nach einigen Jahren Ehe das grundsätzliche Interesse ihres Mannes an allen Gedanken, Gefühlen und Gesprächen, die die Ehe betreffen. Nach sechs Jahren Ehe, hat eine andere Befragung ergeben, sprechen die Partner durchschnittlich überhaupt nur noch neun (in Ziffern: 9) Minuten am Tag miteinander. Viele Männer schweigen immer noch, weil ihnen die emotionalen und damit unberechenbaren Regungen in den Tiefen der Seele unheimlich sind. Einen selbstverständlichen, alltäglichen Austausch über Gefühle sind bis heute nur wenige gewohnt.

Stellen Sie sich einmal vor, die Männer würden nachholen, was die Frauen in den letzten Jahrzehnten für ihr Selbstbewußtsein und ihr emotionales Gleichgewicht getan haben. Sie würden beispielsweise andere Männer an ihren seelischen Nöten teilhaben lassen, würden sich mit ihren Kollegen am Arbeitsplatz oder Sportsfreunden ausführlich über Beziehungfragen unterhalten – und zwar als Regel und nicht als Ausnahme. Sie würden Bücher und Romane über Partnerschaft statt Krimis oder Zeitung lesen (Bücher wie dieses zum Beispiel werden im Schnitt zu achtzig Prozent von Frauen gelesen), sie würden Beziehungsfilme statt Actionkino sehen und Sex als genußvolles Abtasten statt als Wettstreit gegen die Potenzstörung betreiben. Sie würden sich nach einem Ehekrach nicht mehr mit der lapidaren Bemerkung »Bei mir zu Hause ist mal wieder Zoff angesagt« gegenseitig auf die Schulter klopfen und dann zur Tagesordnung übergehen, sondern Wut und Hoffnungen und Zweifel und Ängste ernsthaft zum Gesprächsthema machen. Kurz gesagt: Man stelle sich einmal vor, Männer

würden sich aktiv um ein befriedigendes Beziehungs- oder Eheleben kümmern.
So ist es aber nun einmal nicht, noch fällt die Mehrzahl der Männer auch in Beziehungsfragen lieber einsame Entscheidungen. Ausgesprochen drastisch formuliert Susanne Vohwinkel, Autorin des Magazins *Cosmopolitan*, die Umstände: »Männern ist ihre Ehe noch nie große Opfer wert gewesen. Sie stilisieren sie zwar gern zum unantastbaren Heiligtum hoch, sobald ihre Frauen Trennungsabsichten äußern. Aber wenn von ihnen während der Ehe Beziehungspflege verlangt wird, zeigen sie sich überfordert. Toleranz, Verzicht auf eigene Wünsche, sich anpassen, nachgeben, damit die Ehe hält? Das dann nun doch nicht. Lieber reichen die Männer innerlich die Scheidung ein, flüchten zu einer weniger zickigen Geliebten oder in ihre Arbeit. Daß sie so ihre Frauen in die äußere Trennung hineindrängen, merken die meisten erst, wenn es zu spät ist.«
Männer haben immer noch ein ausgeprägtes Talent, in Beziehungsangelegenheiten auf Durchzug zu schalten. Geradezu stoisch weigern sich manche, ihr Innerstes nach außen zu kehren und damit womöglich wochenlange Auseinandersetzungen zu riskieren, in denen zwangsläufig auch ihre Schwächen deutlich werden. Lieber kommen sie irgendwann (und manchmal nie) mit dem Resultat ihrer einsamen Grübeleien heraus.
Das liegt sicher auch daran, daß die männlichen Positionen in unserem gesellschaftlichen Kontext noch lange nicht besetzt sind. Die Gründung von Männergruppen und später von Abenteuer-Workshops zur aktiven Selbstfindung im Wald haben nichts daran ändern können, daß die Rollenfindung der Männer überwiegend fremdbestimmt ist. Denn die zentrale Frage des Mannes der 90er Jahre ist nicht etwa, wie will ich als Mann sein, sondern wie will mich die Gesellschaft und vor allem, wie wollen mich die Frauen.

Inzwischen ist es wenigstens offen auf dem Tisch: »Was wünscht man sich für das nächste Jahrtausend«, fragt sich beispielsweise der Schriftsteller Matthias Altenburg in der Zeitschrift *Die Woche* und gibt die Antwort: »Männer, die nicht mehr so schwach sind, daß sie entweder Don Juans, Serienmörder, Familientyrannen oder Chefs werden müssen. Und Frauen, die endlich wirklich wissen, was sie wollen. Wie er denn nun auszusehen hat, der neueste Neue Mann?«

Selbst in den aufgeklärtesten männlichen Köpfen steckt offenbar noch ein gutes Stück dieser merkwürdigen Hoffnung, daß die Frauen ihren Männern das ultimative Rollenbild vermitteln. Zum Ende gibt Altenburg dann doch noch eine Aussicht, was er sich und seinen Geschlechtsgenossen zu Weihnachten wünscht: »Emanzipiert wären wir erst dann, wenn diese Frage nicht mehr gestellt werden müßte, wenn sie nur noch Gelächter hervorriefe, wie ein unverständlich gewordenes Ritual aus jenen längst vergangenen Zeiten, als man die Liebe in eine Beziehungskiste steckte.«

Bis es soweit ist, werden die meisten Männer vermutlich weiterhin das Schweigen der Offenbarung vorziehen – denn Offenbarung hieße ja nichts anders, als Positionen zu vertreten, die sie selbst noch nicht entdeckt haben.

Nun werden Frauen, denen der direkte und intensive Austausch wichtig ist, durch das Schweigen der Männer in eine mißliche Lage gebracht. Sie wollen einen Konflikt dann austragen, wenn er akut ist und nicht erst hinterher gepflegt darüber reflektieren. Sie wollen über ihre sexuellen Bedürfnisse sprechen und liegen neben einem »sprachfrigiden« Partner, der nur hilfloses Stammeln herausbringt und dann schnell einschläft. Hartnäckige oder besonders treue Frauen lassen sich davon nicht abschrecken und bohren solange nach, bis vielleicht doch noch ein richtiges Gespräch zustandekommt. Andere geben nach einigen vergeblichen Anläufen frustriert auf und ziehen sich innerlich von ihrem sprachlosen Partner zurück. Und wenn es dem Mann dann gelingt, seine eigenen Vorstellungen und Wünsche zu artikulieren, ist es manchmal schon zu spät, seine Partnerin ist innerlich bereits zu distanziert.

Der sprachfrigide Mann

Gudrun ist 41 und eine attraktive, selbstbewußte Frau. Sie arbeitet als freie Werbetexterin in Hamburg und lebt mit ihrem Partner, dem Vater ihrer vierjährigen Tochter, in einem schicken Eigenheim. Sie sagt, was sie denkt, und sie haßt faule Kompromisse, im Beruf ebenso wie im Privatleben. Und doch hat Gudrun eine innere Kündigung in der Partnerschaft hinter sich, die kaum schlimmer hätte sein können. »Heute würde mir das nicht mehr passieren«, glaubt sie, »aber dafür habe ich auch einiges an Lehrgeld zahlen müssen.«

Zum Beispiel, als sie noch im Ruhrgebiet lebte und Bernhard kennenlernte. »Wir waren beide bei der gleichen Zeitung beschäftigt, ich als Lokalredakteurin und er als stellvertretender Politikchef. Ich hatte gerade beschlossen, allein zu leben, hatte mir eine sehr schöne Wohnung besorgt, eine kleine zweigeschossige Dachgeschoßwohnung mit Balkon. Ich hatte einige Beziehungserfahrungen gemacht, und eigentlich wollte ich im Moment nicht mit einem Mann zusammenleben.

Bernhard lernte ich über die Arbeit kennen. Ich fand ihn gar nicht so toll, er mich aber umso mehr. Davon fühlte ich mich natürlich geschmeichelt. Im Grunde, so sehe ich es jedenfalls heute, bin ich hauptsächlich darauf geflogen, daß

er auf mich abgefahren ist. Er rief jeden Tag an oder kam in meinem Arbeitszimmer vorbei, machte tausend Vorschläge, was wir zusammen unternehmen könnten. Er ließ einfach keinen Zweifel daran, daß er mich toll fand. Ich war inzwischen auch nicht mehr so überzeugt davon, daß das Singleleben das einzig Wahre für mich ist, und so wurde ich immer häufiger ein dankbarer Abnehmer seiner Vorschläge. So hat es sich entwickelt, daß wir irgendwann eine richtige Beziehung führten und schließlich sogar zusammengezogen sind. Ich habe ihn als Mann geschätzt und als einen echten Partner gesehen, aber die große Liebe war es dennoch nicht für mich. Er war vom Charakter her ein sehr lieber Mensch, aber ich habe erst mit der Zeit mitbekommen, daß er einen richtigen Minderwertigkeitskomplex Frauen gegenüber hatte. Ständig brauchte er die Bestätigung, daß andere Frauen ihn toll finden. Wenn er auf Partys etwas getrunken hatte, flirtete er mit allen Frauen, und obwohl ich schnell merkte, daß das ein Tick von ihm war, hat es mich unglaublich geärgert. Es gab deswegen oft Streit zwischen uns. Hinterher habe ich mich dann immer selbst damit beruhigt, daß fast jeder eine kleine Macke hat, sowas im Grunde ganz normal ist.
Bernhard war ein paar Jahre älter als ich, geschieden und hatte eine Tochter. Er hatte aber weder zu ihr noch zu seiner Exfrau viel Kontakt. Mir war das einigermaßen recht, ich hatte vorher schon eine Beziehung mit einem geschiedenen Mann, und dessen Tochter hatte absolute Priorität. Sie konnte kommen und gehen, wann immer sie wollte. Ich konnte deshalb fast nichts mit dem Mann planen, weil ich immer davon ausgehen mußte, daß seine Tochter alles wieder über den Haufen werfen würde. Ob wir am Wochenende morgens im Bett lagen oder abends etwas unternehmen wollten – wenn sich der Schlüssel im Schloß drehte, war Papa fürs Töchterlein da und zwischen uns lief dann

gar nichts mehr. Insofern war ich zuerst ganz froh, daß Bernhard so wenig Kontakt zu seiner Tochter hatte. Es hat mich auch in keiner Weise stutzig gemacht. Ich habe auch nie einen Zweifel daran gelassen, daß ich irgendwann ein eigenes Kind haben wollte und es Bernhard immer wieder gesagt, denn inzwischen waren wir schon über drei Jahre zusammen, wir hatten uns aneinander gewöhnt, und die äußeren Bedingungen waren eigentlich ideal. Außerdem war ich inzwischen schon 35 Jahre alt. Er hat aber nie darauf reagiert, nicht ja und nicht nein gesagt, das Thema geradezu totgeschwiegen. Er hat jedesmal ganz schmale Lippen bekommen, den Fernseher angeschaltet oder nach einer Schweigezeit über irgend etwas anderes gesprochen. Ich kam mir ziemlich komisch dabei vor, habe es aber gar nicht richtig wahrgenommen. Mir wurde nur immer klarer, daß ich ein Kind haben wollte.

Ich habe auch mit seinen Freunden gesprochen, die ihn schon lange kannten und mir immer sagten, ich müsse das verstehen, er sei sehr enttäuscht worden, weil seine Frau das Kind völlig an sich gerissen habe und er nichts zu sagen habe. So hatte ich meine Erklärung und dachte, ich würde das schon arrangieren können. Ich habe ihn einfach immer wieder darauf angesprochen, aber er hat weiterhin merkwürdig reagiert.

Und dann war ich plötzlich schwanger, ohne daß wir es bewußt darauf angelegt hatten. Ich hatte zwar eine Pillenpause eingelegt, aber es passierte in einer Zeit, in der eigentlich nichts hätte passieren dürfen. Ich war furchtbar erschrokken, weil das Thema ja noch nicht geklärt war zwischen uns, und bin dann auch mit entsprechend wackeligen Knien nach Hause gekommen und habe es Bernhard erzählt.

Von diesem Moment an hat dieser Mann kein Wort mehr mit mir gesprochen! Er hat nicht mehr Guten Morgen und nicht mehr Guten Abend gesagt, und wenn ich ihn angerufen habe, hat er einfach den Hörer wieder aufgelegt. Wie ein Autist hat er mich nicht mehr angeschaut, wenn ich mit ihm gesprochen habe, er hat abends nicht mehr mit mir gegessen. Er hat sich benommen, als ob er Sinn und Verstand verloren hätte.

Mir ging es natürlich unheimlich schlecht. Ich war schwanger und wollte das Kind, und es gab ja auch keinen äußeren Grund, der dagegen sprach. Ich habe geheult, ich konnte nachts nicht mehr schlafen. Morgens hatte ich das Gefühl, überhaupt nicht mehr wach zu werden, zur Arbeit habe ich mich nur noch geschleppt. Meine Hormone spielten verrückt, mir war dauernd schlecht und dazu ein Partner, der nur schweigt, schweigt, schweigt. Es hat furchtbare Szenen gegeben, einmal habe ich ihm sogar eine Flasche an den Kopf geworfen. Ich habe ihn angeschrien, daß er sich äußern muß, wenigstens mit ja oder nein, es wäre schließlich auch sein Kind. Aber er hat beharrlich geschwiegen. Das nahm mir die Luft zum Atmen. Irgendwann war ich so in Panik, daß ich selbst nicht mehr wußte, was ich eigentlich wollte. Ich hatte einfach keinen klaren Kopf mehr für eine Entscheidung.

In meiner Not bin ich dann in eine psychologische Beratung gegangen, und mit Hilfe der Psychologin wurde mir schnell klar, daß da nichts zu machen war. Ich hatte immer noch gehofft, daß er nur eine gewisse Zeit brauchte und ich ihn schon noch umstimmen könnte. Doch nun verstand ich – zum Beispiel auch die Sache mit seiner Tochter. Das Kind hat Postkarten an ihn geschrieben: Lieber Papa, ich habe in einer Woche Geburtstag. Gemeldet hat er sich trotzdem nicht bei ihr, geschweige denn ein Geschenk gebracht. Es war mir auf einmal völlig klar, daß er nicht umzustimmen war und für mich nur die Frage blieb, ob ich das Kind allein bekommen und auch noch eine Trennung in der Schwangerschaft verkraften konnte.

In diesem Moment hat es bei mir ›klick‹ gemacht. Ich habe mich von einem Moment auf den anderen innerlich von diesem Mann verabschiedet – als würden Rolläden herunterfallen. Das hatte ich vorher noch nie erlebt. Mir war auf einmal sonnenklar, daß ich mit dem Problem allein bleiben werde, und von da an war ich fast ruhig im Vergleich zu vorher. Ich habe die Tatsache, mit diesem Mann keine gemeinsamen Kinder großziehen zu können, irgendwie akzeptiert. Dadurch hat sich unsere Beziehung vollständig verändert. Ich wollte auch nichts mehr klären, weil ich wußte, daß es keine echte Beziehung mehr zwischen uns gab. Der Wunsch nach einem Kind gehörte in dieser Zeit untrennbar zu mir, und dieser Mann akzeptierte mich nicht damit. Er respektierte nicht einmal die Existenz meiner Wünsche, da er nicht mit mir darüber sprach. Er hat ja noch nicht einmal gesagt, daß er kein Kind mehr möchte, er hat einfach nur geschwiegen. Da war mir klar, daß das nicht zusammenpaßt.
Ich hatte zwar eine Heidenangst davor abzutreiben, aber ich fühlte mich innerlich auch nicht stark genug, das Kind allein großzuziehen. Ich wollte einfach keine alleinerziehende Mutter sein. So habe ich für mich entschieden, das Kind unter diesen Umständen nicht zu bekommen.
Bernhard war von da an wie ein fremder Mensch für mich. Wir haben nicht mehr miteinander geschlafen, das hätte ich in dieser Situation auch als vollkommen unpassend empfunden. Sein Verhalten hat mich nicht mehr berührt. Ich habe ihn auch nicht vermißt, wenn er abends erst spät aus der Redaktion nach Hause kam. Nach außen traten wir zwar weiterhin ganz normal auf und waren offiziell weiter zusammen, aber empfunden habe ich einfach nichts mehr, weder im Positiven noch im Negativen.
Für mich kam dann die Frage auf, ob ich mich von Bernhard trennen sollte. Eigentlich wäre es die logische Konse-

quenz gewesen. Aber auf der anderen Seite wollte ich jetzt nicht ausziehen. Ich liebäugelte ohnehin schon mit einem neuen Job in einer ganz anderen Stadt, und eine Trennung hätte noch einmal viel Kraft gefordert. Also habe ich mich entschlossen, erst einmal in der Wohnung von Bernhard zu bleiben, und angefangen, mein Leben unabhängig von ihm zu organisieren. Nach dem Motto: Heute bin ich zu Hause, morgen habe ich etwas vor. Mehr nicht. Die Dinge, die wir noch zusammen gemacht haben, ergaben sich eher zufällig. Freunde luden uns ja beispielsweise weiter als Paar ein, weil niemand etwas von unserem Drama wußte. Außerdem haben wir beide gearbeitet, und Bernhard hatte oft Nachtschichten, so daß wir uns sowieso selten über den Weg liefen. Und wenn, hat es mir nichts ausgemacht, ich war vollkommen ruhig ihm gegenüber. Nach der Abtreibung kam ich nach Hause, als ob nichts gewesen wäre. Ich wollte auf keinen Fall sein Mitgefühl, das wäre für mich wie ein Schlag ins Gesicht gewesen. Aber ich war ein bißchen hilflos, weil ich zwei Tage lang im Bett liegen sollte und Bernhard um mich herum war. Zu diesem Zeitpunkt, als alles entschieden und vorüber war, fingen wir auch wieder an, uns über Belanglosigkeiten zu unterhalten.
Langsam kam sogar der ganz normale Alltag wieder in Gang. Wir haben wieder miteinander gegessen, Dinge unternommen, und irgendwann haben wir sogar wieder miteinander geschlafen. Nach außen schien niemand von unseren Freunden und Bekannten etwas zu bemerken. Wie auch, wir haben uns im Grunde ja auch benommen wie immer. Ich hatte auch gar kein Bedürfnis, das Ganze nun noch in den Freundeskreis zu tragen, ich hatte nicht einmal den Wunsch, mich an Bernhard zu rächen. Ich war innerlich völlig kalt und wurde einfach nur sachlich, so sachlich, wie ich es nie wieder erlebt habe.
Unser Alltag funktionierte ganz normal und reibungslos.

Wir haben hauptsächlich über organisatorische Dinge gesprochen, zum Beispiel wer einkauft. Mir war diese oberflächliche Umgangsform nicht einmal unangenehm. Vielleicht weil mich die Punkte, über die ich mich früher geärgert hatte, nun nicht mehr interessierten. Und das hat erstaunlich gut geklappt.
Wir sind sogar noch zusammen in den Urlaub gefahren, obgleich ich ihm gegenüber innerlich kalt war. Ich wollte meinen Spaß und Erholung, und was Bernhard machte, war mir ziemlich egal. Ich dachte, es müsse doch jeder um uns herum merken, aber dem war nicht so. Wir sind wie ein ganz normales Paar behandelt worden. An einem der letzten Abende habe ich Bernhard gefragt, wie er denn unsere Beziehung so sieht. Toll, hat er gesagt, einfach toll. Ich konnte es kaum glauben, aber er meinte das ernst. Wir würden uns nicht mehr streiten und wären ein prima eingespieltes Team. Sieh mal an, wie Männer das so sehen, habe ich mir dabei gesagt, sonst hätte ich das wahrscheinlich überhaupt nicht begreifen können. So unterschiedliche Sichtweisen habe ich nie wieder erlebt.
Mit dem inneren Abschied von Bernhard wuchs bei mir ziemlich bald wieder das Bedürfnis, zu meinem Recht zu kommen. Zu Hause habe ich dann einen Mann kennengelernt und mit ihm ein Verhältnis angefangen. Ich war sogar so frech, spät nachts zerzaust nach Hause zu kommen. Mir war es vollkommen egal, was Bernhard dabei dachte. Das war wie ein stilles Agreement: Ich habe keine Erklärungen abgegeben, und er hat nicht nachgefragt.
Ein Jahr später dann ergab sich ein Jobangebot in Hamburg, und ich habe sofort zugesagt. Ich glaube, Bernhard war es ganz recht, daß unsere Beziehung auf diese dezente Art und Weise beendet wurde. Nach außen hin ging ich eben nach Hamburg. Ich hatte auch keine Lust auf eine offizielle Trennung, hatte nicht einmal das Bedürfnis,

Bernhard zum Schluß auf diese Weise bloßzustellen. Ich wollte einfach nur raus.
Später, als ich mit meinem jetzigen Lebenspartner ein Kind bekam, hat Bernhard die ganze Sache mit viel Interesse verfolgt. Und als er mitbekam, daß ich trotz meiner Tochter kein Hausmütterchen wurde und sie auch nicht dem Vater entzogen habe, hat er Freunden gegenüber einmal geäußert, daß er sich wohl anders verhalten hätte, wenn er das gewußt hätte. Er hatte wohl nur Angst, die Verantwortung zu übernehmen und dann am Ende leer auszugehen, wie er das mit seiner Exfrau erlebt hat. Diese schlechte Erfahrung werfe ich ihm nicht vor, und ich werfe ihm auch nicht vor, daß er das Kind nicht wollte. Ich werfe ihm nur vor, daß er das alles nie mit mir besprochen hat. Seine absolute Sprachlosigkeit, die werfe ich ihm vor.«

Sex gut, alles gut?

Neben der Sprachlosigkeit wird vor allem die sexuelle Lustlosigkeit als eindeutiges Indiz für ein tiefergehendes Desinteresse am Partner angesehen. Die Sexualität ist für viele der intime Kern jeder partnerschaftlichen Beziehung, und sie spricht oft eine deutlichere Sprache als alle Worte zusammen. Wenn im Bett nichts mehr geht, ist die Beziehung im Grunde gelaufen – so oder ähnlich interpretieren wir unsere Lustlosigkeit.

Was die innere Kündigung betrifft, kann das allerdings ein Mißverständnis sein, das für allerlei Verwirrung sorgt. Denn die gelebte Sexualität kann auch eine Lüge sein, ein wichtiger Teil der Fassade. In unserer aufgeklärt westlichen Gesellschaft ist die Sexualität inzwischen nahezu frei von moralischen Fesseln und bedeutet deshalb mehr als nur Liebe und Lust und äußerste Intimität. Sie ist auch ein Zeichen für resignative Unterwerfung, Ersatzbefriedigung oder einfach für den verzweifelten Versuch, das Bild von einer funktionierenden Partnerschaft mit allen Mitteln aufrechtzuerhalten.

Das Problem dabei ist, daß wir zwar alle wissen, daß und wie man einen Orgasmus auch vortäuschen kann, aber nie auf die Idee kommen würden, daß ausgerechnet unser Liebespartner nur so tut, als hätte er seinen Spaß dabei. Wir begreifen Sexualität fast immer als Resultat der Liebe und nicht umgekehrt. Nur in der ersten Verliebtheit ist es anders. Da beweist uns die hitzige Lust aufeinander noch, daß wir den anderen mit Haut und Haaren begehren. Und wir denken: Wir müssen ihn ja lieben, weil wir so viel Lust auf ihn haben.

Später dann, wenn wir uns miteinander einrichten und nicht mehr so unmittelbar auf die sexuellen Signalreize unseres Partners reagieren, sondern statt dessen das vertraute Gespräch suchen, Zärtlichkeit, Vertrautheit und die gemeinsame Unternehmung, entwickelt sich die Sexualität in unseren Köpfen zur Einbahnstraße, die nur noch symbolisiert, ob es gerade gut oder schlecht in der Beziehung läuft. Die meisten von uns erheben dann die Lust zum physischen Gradmesser von Harmonie und Verständnis, und Lustlosigkeit interpretieren wir regelmäßig als Ergebnis einer umfassenden Krise (»daß etwas nicht stimmt zwischen uns«). Wenn wir nicht mehr miteinander schlafen, heißt das, daß wir uns in unserem intimsten Inneren voneinander verabschiedet haben. Wir wollen es uns vielleicht noch nicht eingestehen, aber vermuten unbewußt: »Dein für meine Zärtlichkeiten verschlossener Körper signalisiert mir doch, daß du dich nicht mehr mit mir auseinandersetzen willst.«

Zwei Beispiele sollen verdeutlichen, welche unterschiedlichen Bedeutungen die Sexualität in Partnerschaften haben kann, in denen einer oder beide innerlich gekündigt haben.

Die 36jährige Birgit kam ins Grübeln, als ihr Mann Wolfgang, 39, über Monate nicht mehr mit ihr schlafen wollte. Die beiden sind seit elf Jahren miteinander verheiratet und haben einen 6jährigen Sohn und eine 4jährige Tochter. Birgit ist gelernte Krankengymnastin, arbeitet aber seit der Geburt ihres ersten Kindes nicht mehr im Beruf. Wolfgang ist als Arzt im Schichtdienst bis zu 70 Stunden in der Woche in einem Krankenhaus-OP beschäftigt.

Die ersten Anzeichen von Wolfgangs Lustlosigkeit im Bett vor gut einem Jahr nahm Birgit noch als Herausforderung.

Sie dachte, sie müsse nur gegen seinen Berufsstreß ankämpfen. Aber als auch keine Massagen, Dessous und sonstigen atmosphärischen Mittel halfen, forderte sie die offene Aussprache. Sie fragte und bohrte und beschrieb Wolfgang, wie sehr er sie mit seiner Abstinenz verletzte. Er hatte dennoch keine Antwort, außer daß es ihm leid täte. Und er bemühte sich, ihr zu zeigen, daß er sie immer noch sehr attraktiv fand und daß es deshalb wirklich nur an der vielen Arbeit liegen konnte. Er überwand sich mehrere Male und schlief mit ihr, aber Birgit spürte, daß es nur eine Pflichtübung für ihn war.

»Es fühlte sich an wie synthetisches Essen aus der Tube, und das wollte ich nicht«, entschied sie und überzeugte ihn, gemeinsam einen Paartherapeuten aufzusuchen. Auch dort erzählte Wolfgang fast ausschließlich von »diesem verdammten Schichtdienst, der einem alle Energien raubt«. Erst nach vielen und oft zähen Stunden sprach er von Dingen, die auf den ersten Blick gar nichts mit seinen verkümmerten sexuellen Bedürfnissen zu tun zu haben schienen. Zusammengefaßt hörte es sich ungefähr so an: »Ich verdiene immerhin rund 5000 Mark netto im Monat und trotzdem kommen wir nicht damit aus. Ich habe keine Ahnung, wo das ganze Geld bleibt. Birgit rechnet mir zwar manchmal vor, wie teuer alles ist, aber ich kann mir nicht vorstellen, daß man mit dem Geld nicht hinkommen kann. Auf jeden Fall setzt sie mich mit ihrem Hang zum Luxus indirekt unter Druck, weil ich im Grunde noch mehr arbeiten müßte. Es ärgert mich maßlos, daß sie unser gesamtes Privatleben inklusive der Sexualität an sich gerissen hat, aber unsere Finanzen absolut nicht in den Griff bekommt. Schon jetzt, und das weiß sie nur zu gut, schaffe ich es nach der Arbeit gerade noch, ein bißchen mit den Kindern zu spielen und beim Abwasch zu helfen. Danach geht außer Fernsehen nichts mehr. Schon gar nicht ausgiebiger Sex mit diesem ganzen Romantik-Tamtam. Vielleicht war es ein Fehler von mir, unser Privatleben völlig an Birgit abzugeben. Für mich war das zugegebenermaßen sehr bequem, und sie wollte es so, nach dem Motto: Du bist Chef bei deiner Arbeit, ich bin es hier zu Hause. Früher hatte ich viele eigene Interessen. Wenn ich darüber nachdenke, ist eigentlich nichts mehr davon übriggeblieben. Ich bin nicht mehr viel draußen in der Natur, ich höre meine Musik nicht mehr, ich koche nicht mehr. Und ich animiere Birgit schon lange nicht mehr zum Sex. Ich kann mich gar nicht richtig erinnern, wann ich sie das letzte Mal verführt habe. Das regelt sie alles. Auch, wie wir miteinander schlafen. Spontane Liebe ist da nicht mehr möglich, ein intensives Vorspiel mit Kerzenlicht ist Standard. Manchmal sehne ich mich nach den Zeiten zurück, als wir uns einfach aufeinander gestürzt haben. Jetzt ist alles vorbereitet, ich brauche mich nur noch in das duftende Bett zu legen. Aber je mehr sie sich um Atmosphäre bemüht, desto mehr wird es für mich eine Pflichtübung. Wenn ich ihr das dann sage, ist sie zutiefst gekränkt. Also bemühe ich mich, daß wenigstens sie ab und an auf ihre Kosten kommt. Ich habe nämlich ein bißchen Angst, daß sie sich anderweitig vergnügen könnte.« Wolfgangs Lustlosigkeit stellte sich so als das Ergebnis einer Rollenverteilung heraus, die er als permanente Entmündigung empfand. Und weil er sich nicht anders zu helfen wußte, kündigte er ihr innerlich.

Dennoch paßt die Formel »Befriedigende Beziehung, befriedigendes Sexualleben« nicht immer, manchmal ist sie sogar ausgesprochen trügerisch. Sex kann auch zur Fassade verkommen, so wie es die 27jährige Studentin Claudia erlebt hat. Über ein Jahr lang schlief sie in trauter Regelmäßigkeit mit ihrem Freund. Fast immer Donnerstagabend und Sonntagmorgen, das hatte sich so eingespielt, ebenso wie der Ablauf. »Donnerstag war unser Videotag, dafür war ich zuständig. Ich besorgte meistens einen spannenden Thriller, er mochte nämlich keine Gefühlsdramen, dann machten wir es uns im Bett gemütlich, und hinterher schliefen wir miteinander. Am Anfang unserer fünfjährigen Beziehung gefiel mir das sehr. Und als es damit losging, daß er zu müde war, brachte ich Sexfilme mit und verführte ihn dabei. Das funktionierte bestens. Am Sonntag war dann ›sein‹ Tag. Er servierte das Frühstück am Bett, und danach liebten wir uns auf den Croissant-Krümeln. Ich denke immer noch gerne daran, weil es für mich die romantischste Art von Sex war, die ich bis dahin kennengelernt hatte. Ich glaube, wir kamen uns beide unheimlich spontan und wild vor.«

Für Claudia (und vermutlich für ihren Freund ebenso) wuchs dieses Ritual zum letzten Beweis heran, daß sie doch noch eine leidenschaftliche Beziehung führten – obwohl sie sich in fast allen anderen Belangen zurückgezogen hatte. »Ich war einfach noch nicht soweit, mich zu trennen«, sagt sie heute, »und deshalb brauchte ich wenigstens die Illusion einer intakten Sexualität, um mich daran festhalten zu können.«

Die beiden Beispiele zeigen, daß sowohl scheinbare Lust (als sexuelle Gewohnheit) wie auch Unlust in langjährigen Partnerschaften den gleichen Ursprung haben können. Während bei Birgit und Wolfgang seine Lustlosigkeit auf eine innere Kündigung hindeutete, war es bei Claudia und ihrem damaligen Partner genau umgekehrt: Ihr routinemäßiger Sex mußte dafür herhalten, die Fassade zu wahren. Nur so war es Claudia überhaupt möglich, den Zustand ihrer inneren Kündigung auszuhalten, ohne darüber die Besinnung zu verlieren und in eine ernsthafte Depression zu fallen.

Die Kunst der Fassade

Zur inneren Kündigung gehört – im wahrsten Sinne des Wortes – eine »blendende« Fassade. Denn natürlich ist es für jemanden, der eigentlich nur noch einen reibungslosen Beziehungsalltag und ansonsten seine Ruhe haben will, ausgesprochen mühsam, sich dem Partner gegenüber immer wieder aufs neue rechtfertigen zu müssen. Eine Frau beispielsweise, die keine gute Erklärung parat hat, warum sie den Besuch bei seiner Mutter zum x-ten Mal absagt, obwohl sie schon Wochen vorher (»dieses Mal ganz bestimmt«) definitiv zugesagt hat, muß sich möglicherweise einige Vorwürfe anhören. Oder der Mann, dem keine überzeugenden Rechtfertigungen einfallen, wenn sich seine Partnerin am Frühstückstisch darüber beklagt, daß er »nie zuhört, wenn es mal um meine Dinge geht«, verrät sein fundamentales Desinteresse am Partner und muß damit rechnen, daß der andere früher oder später Konsequenzen zieht. Und wer keine glaubwürdige Begründung liefern kann, warum er, wie seit Monaten schon, auch heute abend wieder keine Lust auf Sex hat, kann damit eine handfeste Ehekrise auslösen.

Um eine friedliche Koexistenz aufrechtzuerhalten, müssen sich innerlich Gekündigte einiges einfallen lassen. Sie wollen ja eben gerade vermeiden, daß aus ihrem Rückzug ein Drama gemacht wird, das die gesamte Beziehung gefährden könnte. Also beschwichtigen sie, finden Ausreden oder streiten ganz einfach alles ab, was zum ernsthaften

Problemgespräch führen könnte und geraten so zwangsläufig in eine Leugnungs-Spirale, die sich immer enger um sie zusammenzieht: Auf lange Sicht müssen die Gründe, Ausreden und Rechtfertigungen immer perfekter werden, um glaubwürdig zu bleiben. Manchmal kann die Angst vor dem großen Krach sogar derart anwachsen, daß die Aufrechterhaltung des Schutzwalls weit mehr Energien und Nerven kostet als die Auseinandersetzung, die vermieden werden soll, je kosten würde.
Entsprechend schwierig kann es für den Partner sein, eine echte innere Kündigung von einer vorübergehenden Krise zu unterscheiden. Das liegt einerseits daran, daß ein Desinteresse an gemeinsamen Unternehmungen nicht zwangsläufig der Beginn einer inneren Kündigung sein muß. Es kann auch ein momentanes Stimmungstief dahinterstecken, ein vorübergehender Wunsch nach mehr Distanz, und natürlich können auch außerhalb der Beziehung liegende Gründe beteiligt sein, eine besonders stressige Berufssituation etwa. Aber eine innere Kündigung ist auch deshalb schwer als solche zu entlarven, weil es höchst unterschiedliche Fassaden gibt – die Palette der »Abwehrmethoden« reicht vom dezenten Schweigen bis zur glatten »Notlüge«.

Eine typische Haltung eines innerlich Gekündigten ist die trotzige Abwehr. Sie ist abhängig vom aktuellen Input des anderen: »Wenn du mir nicht das gibst, was ich mir von dir wünsche, bekommst du eben auch nicht (mehr), was du willst.« Die trotzige Abwehr ist erkennbar an der Wechselhaftigkeit, mit der jemand auf Be- oder Mißachtung durch den Partner reagiert. Mancher macht vielleicht sogar in seinem Inneren eine Rechnung auf. Exakt soviel, wie mir mein Mann oder meine Frau gibt, bekommt er oder sie von mir zurück. Nicht mehr und nicht weniger. Diese »reaktive« innere Kündigung eines sich unterlegen fühlenden Partners entsteht häufig in Beziehungen, an denen die Beteiligten unterschiedlich starke Anteile haben. Wer viel investiert und vom anderen jahrelang wenig zurückbekommt, schraubt sein Engagement auf ein entsprechendes Maß zurück. Auf diese Weise kann eine Beziehung über Jahre »funktionieren«, ohne daß die einseitige und zumindest für den schwächeren Partner unbefriedigende Situation von außen bemerkt werden muß.

Zur Veränderung des Ungleichgewichts ist das klärende Gespräch nötig, und konkrete Absprachen können zumindest hilfreich sein. Mit dem Gespräch sind natürlich alle Risiken einer ernsthaften Auseinandersetzung verbunden – es kann auch zum großen Streit führen. Andererseits ist sich der eine oft nicht einmal bewußt, daß er dem Partner zuwenig Beachtung entgegenbringt oder seine Wünsche permanent übergeht. »Es lohnt sich fast immer nachzufragen«, meint auch die Wiesbadener Psychologin Ute Ehrhardt. »Offene Aussprachen können sehr heilsam und belebend wirken, auch wenn schon Trennungsgedanken im Hinterkopf mitschwingen. Es gehört allerdings Mut dazu, denn Trennung ist immer etwas sehr Schmerzhaftes, selbst wenn die Beziehung noch so schlecht lief in letzter Zeit.«

Sind erst einmal Bedürfnisse, Erwartungen und Enttäuschungen ausgesprochen und beide sich dennoch einig, zusammenbleiben zu wollen, können konkrete Vereinbarungen helfen. Paartherapeuten raten in solchen Konstellationen immer stärker dazu, neu geschlossene Kompromisse so verbindlich wie möglich zu gestalten. Denn wer sich nicht mehr verpflichtet fühlt, »Spaß« am Opernbesuch zu empfinden, sondern es als das ansieht, was es für manche Menschen ist, nämlich ein Geschenk oder ein Opfer zuliebe des Partners, der wird sich sehr viel entspannter dafür in Schale werfen, wenn er beispielsweise »ausgehandelt« hat, daß ihm dafür der nächste Besuch bei der Verwandtschaft erspart bleibt. Allerdings können Abmachungen nur eine von beiden Partnern grundsätzlich gewünschte Veränderung befördern und das auch nur für eine gewisse Zeit. Denn formale Absprachen, die zum Prinzip erhoben werden, können irgendwann das Gegenteil bewirken, weil sie den sich ständig ändernden Situationen nicht mehr gerecht werden.

Eine ganz andere Art, sich bei ungleichen Machtverhältnissen zurückzuziehen, ist die opportunistische Abwehr. Unter dem Motto: »Wenn ich mich in der Auseinandersetzung regelmäßig unterlegen fühle und mir Ausreden verhaßt sind, gebe ich eben einfach nach und mache stillschweigend trotzdem das, was ich will.« Diese Haltung ist nahezu beliebig einsetzbar. »Ich pflichte meinem Partner bei und habe dafür meine Ruhe.« Solch innerer Opportunismus entsteht meist aus einer Vielzahl gescheiterter Versuche, eigene Vorstellungen und Ideen an den Mann respektive an die Frau zu bringen. Zermürbende »Rundlaufstreite«, bei denen man sich im Kreis dreht oder der andere sich regelmäßig durchsetzt, führen fast zwangsläufig und meist unbewußt zum Jasagen und Neinmeinen.

Manchmal allerdings ist nicht Resignation der Grund und innere Kündigung die Folge, sondern verbirgt sich hinter dem Motto »der Klügere gibt nach« tatsächlich taktisches Kalkül: Wer zum Beispiel mit einem Partner zusammenlebt, der immer das letzte Wort haben muß, kann weitaus streßfreier damit leben, wenn er dem anderen seinen vermeintlichen Willen läßt. Denn oft geht es dem »Rechthaber« nicht um die Sache, sondern nur um die Pflege seines Selbstbewußtseins. Das letzte Wort muß es sein, mag die Realität dann doch ganz anders aussehen.

Solche eher harmlosen, stillschweigenden Toleranzen kann man besonders bei Ehepaaren beobachten, die schon viele Jahre zusammenleben und alles in allem durchaus glücklich miteinander sind. Die Rechthaberei des einen wird vom anderen ganz einfach als gelegentlich nervende, aber sonst eher belustigende Marotte akzeptiert. Und solange das letzte Wort haben nicht bedeutet, den Partner tatsächlich in seinen Belangen zu unterdrücken, muß es sich auch nicht um einen resignativen Rückzug handeln. Die Entscheidung für oder gegen das Tolerieren solcher Wesensarten ist eine ausschließlich persönliche Angelegenheit. Ute Ehrhardt: »Man sollte sehr ehrlich gegenüber sich selbst darüber nachdenken, ob man tatsächlich gemeinsame Lebensentwürfe im Kopf hat und ob man mit den ›Macken‹ des anderen leben will.«

Eine besonders weit fortgeschrittene Form der inneren Kündigung kann sich hinter der sogenannten Notlüge verbergen. Kann, muß aber nicht, denn die Lüge hat viele Gesichter. »Lügen haben kurze Beine« lautet ein bekanntes Sprichwort und meint damit, daß man mit Lügen nicht weit kommt. Läßt man die moralische Bewertung, daß die Lüge an sich verwerflich sei, einmal beiseite, kann man darüber durchaus auch anderer Ansicht sein. Ein weniger bekannter, aber ebenso »wahrer« Satz kommt aus Lettland: »In die Angel der Wahrheit beißen nur Karpfen, mit dem Netz der Lüge aber fischt man Lachse.« Wer nicht lügt, verdient sich die Anerkennung als ehrlicher Mensch, aber wer gezielt lügt, wird damit letztendlich mehr erreichen. Eine Weisheit stammt aus Frankreich: »Man sollte sich nicht ärgern, daß uns andere nicht die Wahrheit sagen, denn wir sagen sie uns selbst oft nicht.«
Für die Fassade eines innerlich Gekündigten ist auch hier entscheidend, ob er bewußt lügt, um ein bestimmtes Ziel

zu erreichen, oder ob es sich eher um eine resignative Ausweichlüge handelt. Solche Notlügen und Schwindeleien, oft scheinbar harmlos, sind dabei manchmal schwerer zu durchschauen als Lügen, die einem bestimmten Zweck dienen. Notlügen entstehen in der Regel aus Hilflosigkeit, Angst und gelegentlich auch aus Bequemlichkeit und bieten damit alle Voraussetzungen für einen Rückzug der heimlichen Art. »Die Karten waren schon alle ausverkauft« geht vielen Menschen einfacher über die Lippen als »Ich habe eigentlich keine Lust, mit dir ins Kino zu gehen«. Und es gibt sicher auch keinen Grund, eine Notlüge dieser Art gleich als eine tiefgehende innere Abkehr vom Partner zu interpretieren.
Werden Schwindeleien allerdings zum Dauerzustand, türmen sie sich zu einem Lügengebäude auf, aus dem man ohne Gesichtsverlust irgendwann überhaupt nicht mehr herauskommt. Früher oder später ist der Eklat programmiert. Denn nur wenige Menschen schaffen es auf Dauer, ein doppeltes Spiel aufrechtzuerhalten, bei dem sie ihren Partner, wenn auch aus Hilflosigkeit, permanent hintergehen. Entweder fühlt sich der andere irgendwann belogen und betrogen und zieht seine Konsequenzen. Oder der innerlich Gekündigte selbst verliert mehr und mehr den Respekt vor einem Partner, der sich ständig an der Nase herumführen läßt. Um einen völligen Vertrauensverlust und damit ein Scheitern auf Zeit zu verhindern, hilft oft nur noch die klare Aussprache: »Sicher kann es manchmal dafür schon zu spät sein«, sagt Ute Ehrhardt, »aber grundsätzlich gilt: Je früher und offener die Partner darüber sprechen, desto größer ist die Chance, eine Beziehung ohne heimliche Wünsche oder Ansprüche zu führen.«

Eine ebenso bequeme, aber weit ungefährlichere Variante der inneren Kündigung ist die Flucht in Aktivitäten außerhalb der Beziehung. Das Hobby wird zur Manie, der Sportverein zur ehrenamtlichen Dauerverpflichtung oder die Arbeit zur Passion – es gibt viele Möglichkeiten, sich konsequent von allen zwischenmenschlichen Problemen abzulenken. Für Flüchtende verlieren, oft ohne sich dessen überhaupt bewußt zu sein, alle Beziehungsfragen, die sie bislang gequält oder gestört haben oder denen sie sich nicht gewachsen fühlten, auf dezente Art und Weise an Bedeutung.

Zu dieser Art von Flucht gehört mitunter auch der Seitensprung. Denn für Menschen, die eine starke Bestätigung von außen für ihr Wohlbefinden brauchen (und wer tut das nicht?) und diese nicht mehr von ihrem Partner bekommen oder wollen, können Affären ein Ausdruck von innerer Kündigung sein. Wer sich nicht mehr begehrt fühlt, geht fremd in der Hoffnung, im flüchtigen Abenteuer zu finden, was vom Partner nicht (mehr) zu bekommen ist. Statt Wünsche zu äußern und sich damit womöglich auf ein kompliziertes Beziehungsfeld einzulassen, flüchtet man in die schnelle Befriedigung auf fremdem Terrain. Die andere Frau oder der andere Mann sind auch deshalb so interessant, weil alltägliche Reibungen und Auseinandersetzung auf dem flattrigen, euphorischen Niveau einer Affäre noch nicht aktuell sind.

Wer flüchtet, weil er innerlich gekündigt hat, ist kaum greifbar, da immer gerade mit etwas anderem beschäftigt. Er ist sich keiner Schuld bewußt, denn noch ist er ja engagiert – wenn auch nicht mehr in partnerschaftlichen Fragen (»Ich will nur noch eben das neue Computerprogramm ausprobieren, dann reden wir«). Häufig ist es überhaupt nur noch durch massive Intervention möglich, seine Konzentration von seiner Lieblingsbeschäftigung auf Themen zu lenken, welche die verdrängten Probleme der Partnerschaft berühren könnten. Ist aber erst einmal das Eis gebrochen, können Absprachen und klare Kompromisse ausgesprochen hilfreich sein, die es dem Flüchtenden ermöglichen, sich weiterhin zumindest zeitweise in sein Refugium zurückzuziehen.

Mitunter erscheint die innere Kündigung in der Partnerschaft auch in einem ausgesprochen harmonischen Gewand, nämlich wenn sich beide Beteiligten in stillem Einverständnis voneinander zurückgezogen haben. Es gibt dann kaum Interessenkonflikte, weil ohnehin jeder seines Weges geht. Es gibt keinen Streit, weil ihn beide konsequent vermeiden. Oft ahnen nicht einmal die besten Freunde, daß sich hinter der harmonischen Außenfassade gähnende Leere verbirgt. Denn zur Aufrechterhaltung des äußeren Scheins sind häufig beide bereit, sich bei Verwandtengeburtstagen oder Treffen im Bekanntenkreis von der besten Seite zu zeigen.

Es gibt einige gute Gründe, die Fassade zu wahren: gemeinsame Kinder beispielsweise (»Laß uns wenigstens friedlich bleiben, bis sie aus dem Gröbsten raus sind«), eine Art Loyalität dem Partner gegenüber (»Wir haben einiges miteinander durchgestanden«), die Angst vor einem Gesichtsverlust oder dem Alleinsein. Das stille Einverständnis, ohne unnötige Auseinandersetzungen nebeneinander herzuleben, kann ein durchaus zufriedenstellendes Leben bedeuten, wenn sich die Beteiligten im klaren darüber sind, was sie noch voneinander erwarten und in welchen Lebensbereichen sie lieber ihre eigenen Wege gehen wollen. Anders ist die Situation, wenn verdeckte Ansprüche, Wünsche und Hoffnungen eine Rolle spielen, die von Scheinharmonie überlagert werden. »Wenn einer von beiden darunter leidet, daß sich sein Partner in wichtigen Fragen verabschiedet«, raten Psychologen, »sollte er sich nicht im stillen Kämmerlein seine Gedanken machen, ob er jetzt vielleicht

spinnt und eigentlich doch alles in Ordnung ist, sondern es möglichst zum Thema machen. Wenn beide Interesse an einer lebendigen Beziehung haben, finden sie möglicherweise auch gemeinsam Gründe und Lösungswege.«
Eine scheinbar friedliche Koexistenz ist auch deshalb so schwer zu durchschauen, weil die Partner gleichermaßen verwickelt und an der Aufrechterhaltung der Fassade interessiert sind. In solchen Fällen können manchmal Freunde und Bekannte ausgesprochen hilfreich sein, um eine sich gefährlich zuspitzende innere Kündigung von außen aufzudecken. Allerdings ist beim guten Rat auch Vorsicht geboten. Ute Ehrhardt: »Bekannte und Verwandte können sehr wichtig sein, weil sie Anstöße geben können. Aber man muß sehr aufpassen, denn es existieren oft heimliche Allianzen der Harmonie. Wer einem guten Freund oder einer Freundin anvertraut, in seiner Partnerschaft innerlich gekündigt zu haben, trifft vielfach auf jemanden, der sich unbewußt bemüht, die Partnerschaft schönzureden. Das hat einerseits damit zu tun, daß nahezu jeder Mensch ein Stück innerer Kündigung in sich spürt und intuitiv somit auch die eigene Partnerschaft ›schützen‹ möchte. Außerdem können Freunde etwas sehr Konservatives haben: Sie möchten am liebsten, daß im Bekanntenkreis alles beim alten bleibt, denn Krach oder gar Trennung kann auch für sie Folgen haben. Sie könnten gezwungen sein, Stellung zu beziehen oder sogar ultimativ Partei für einen der beiden zu ergreifen.«

»Das macht mein Kollege«

Ein innerlich Gekündigter kann, wenn er es einigermaßen geschickt anstellt, sein Leben lang in einem Unternehmen arbeiten, ohne jemals besonders negativ aufzufallen. Es gibt unzählige Möglichkeiten, mangelndes Interesse zu verheimlichen: hinter einem Aktenberg zum Beispiel, der nie kleiner wird; hinter wichtigen Telefongesprächen oder Besorgungen; hinter Aufgaben, deren Erledigung so lange wie möglich hinausgezögert wird; hinter dem berüchtigten Standardsatz »Fragen Sie doch mal in Zimmer 156b«; oder hinter Kopfschmerzen und allgemeinem Unwohlsein.

Jeder von uns ist wohl schon einmal einer Verkäuferin, einem Sachbearbeiter, einer Arzthelferin oder einem Handwerker mit einem »Das geht nicht«-Syndrom begegnet, die einem sofort das unangenehme Gefühl vermitteln, daß man etwas geradezu Übermenschliches von ihnen verlangt – weil man die Kaffeemaschine doch lieber in blau hätte, die Betriebskostenabrechnung am Telefon erklärt haben möchte, das Rezept von einem Bekannten abholen lassen will oder das tropfende Heizungsrohr noch am gleichen Tag repariert haben möchte, da man sonst den gesamten Keller ausräumen müßte. Keine Chance – der versierte »Das-geht-nicht«-Mensch mußte sich in seinem langen Arbeitsleben schon so viele stichhaltige Begründungen ausdenken, warum er gerade etwas nicht tun kann, daß auch der sachlichste und höflichste Versuch von vornherein zum Scheitern verurteilt ist.

Solche »Extremverweigerung« ist allerdings eher selten. Weit häufiger erscheint die innere Kündigung in unauffälligem Gewand. Und in der Regel handelt es sich dabei auch nicht (oder zumindest nicht nur) um eine egoistische, willkürlich destruktive Grundhaltung des einzelnen, sondern um das Ergebnis komplexer Mißverhältnisse in dem entsprechenden Unternehmen.

Aber wie erkennt man, ob es sich bei einem ehemals engagierten Kollegen, der bei der Bitte um Unterstützung den Kopf schüttelt und auf den Haufen Arbeit auf dem Schreibtisch deutet, um eine »echte«, akute Überforderung oder um die ersten Anzeichen einer inneren Kündigung handelt? Welche Symptome weisen darauf hin, daß jemand dabei ist, beruflich das Handtuch zu werfen?

Zuerst einmal ist, ebenso wie unter Lebenspartnern, bei der inneren Kündigung im Beruf von immenser Bedeutung, ob es sich um einen bewußten oder unbewußten Rückzug handelt. Während sich der eine durchaus wohl in seiner Haut fühlen kann, weil er sich klar dafür entschieden hat, sich »trotzdem« wohl zu fühlen, und zumindest vertrauten Kollegen und Bekannten gegenüber offen über seine unengagierte Haltung spricht (»die hätten viel mehr von mir haben können, wenn sie mich korrekt behandelt hätten«), leidet der andere, der nicht nur dem Chef, sondern auch den Kollegen und sich selbst etwas vormacht (»die anderen tun doch auch nicht mehr«), still und heimlich vor sich hin. Für ihn ist die Situation naturgemäß sehr viel bedrückender, weil er sich niemandem anvertrauen kann – aus der unbewußten Angst davor, durchschaut zu werden.

Deshalb sind die Symptome der inneren Kündigung auch sehr verschieden. Wer ernsthaft, hartnäckig und ohne Vorwurf nachfragt, wird bei der bewußten inneren Kündigung eines Kollegen vermutlich eine Antwort bekommen, mit der er sich auseinandersetzen kann. Eine unbewußte innere

Kündigung dagegen ist ungleich schwerer zu erkennen. Um sich nicht selbst mit unangenehmen Erkenntnissen zu konfrontieren und damit mögliche Konsequenzen herauszufordern, wird sich der Betroffene intuitiv gegen jeden »Verdacht« wehren. Unabhängig davon, ob es der Fragesteller gut meint oder nicht.

Natürlich läßt sich nicht jeder Einzelfall in die Kategorie bewußt oder unbewußt einteilen. Nicht jeder, der sich bewußt zurückzieht, ist damit auch zufrieden; und nicht jeder, der unbewußt innerlich gekündigt hat, leidet darunter oder wird deswegen krank. Es gibt unterschiedliche Schweregrade der inneren Kündigung und entsprechend unterschiedliche Signale. So kann sich die innere Kündigung beispielsweise nur auf »die da oben« beschränken oder auf bestimmte Tätigkeiten, oder das Gesicht des Betreffenden bekommt immer nur dann einen steinernen, abweisenden Ausdruck, wenn eine bestimmte Person den Raum betritt. Sie kann aber auch derart umfassend sein, daß jeder Handgriff und jedes Telefonat von der abwehrenden Grundhaltung »Dienst nach Vorschrift« dominiert ist und sich die fatalistische Seelenverfassung bei der Arbeit wie ein dichter Nebel auch über das Allgemeinbefinden legt.

Trotz dieser Vielfalt der Erscheinungsformen und Ausmaße sollen hier einige Anzeichen genannt werden, die bei einem Kollegen auf innere Kündigung hinweisen können (aber nicht zwingend müssen, denn viele der Symptome können auch andere, beispielsweise rein private Gründe haben): die Kollegin oder der Kollege

- hat neuerdings schon morgens schlechte Laune;
- ist oft gar nicht bei der Sache;
- interessiert sich nicht mehr dafür, daß sein Arbeitsplatz aufgeräumt ist;
- macht keine Vorschläge mehr;

- regt sich nicht mehr darüber auf, wenn sich jemand in seinen Kompetenzbereich einmischt;
- gibt regelmäßig anderen die Schuld, wenn etwas schiefläuft;
- spricht oft darüber, wie viel er zu tun hat und daß er sich im Grunde vom Unternehmen ausgebeutet fühlt;
- betont gern, daß andere Kollegen viel weniger tun;
- beschäftigt sich mehr damit, warum etwas nicht geht, als darum, wie etwas vielleicht doch gehen kann;
- verdrängt oder leugnet Mißerfolge oder Probleme;
- blockt Gespräche ab, die sich um konstruktive Kritik oder Veränderungen von Arbeitsabläufen drehen;
- erklärt jede Entscheidung »von oben« für unsinnig oder macht sich darüber lustig;
- zeigt sich desinteressiert an allen innerbetrieblichen Belangen;
- sieht nur noch die negativen Seiten an der Arbeit;
- geht sachlichen Konflikten aus dem Weg;
- sagt zu, etwas zu erledigen, kümmert sich dann aber nicht darum;
- schiebt wichtige Entscheidungen vor sich her;
- achtet nur noch darauf, sein unbedingtes Soll zu erfüllen;
- schaut häufig auf die Uhr und bleibt keine Sekunde länger als nötig im Büro;
- weist Anfragen, die nicht in seine Zuständigkeit fallen, auch dann zurück, wenn er sie beantworten könnte;
- der Klang seiner Stimme am Telefon oder den Kollegen gegenüber wird zunehmend abweisender;
- geht dem Chef aus dem Weg;
- bemitleidet sich, weil seine Arbeit nicht gewürdigt wird;
- reagiert schon bei Kleinigkeiten gereizt;
- macht immer häufiger sarkastische Bemerkungen über andere;

- entwickelt sich zum Eigenbrötler;
- wirkt zusehends unkonzentrierter, vergißt viel und arbeitet immer langsamer und luschiger;
- fühlt sich permanent müde;
- sucht häufig nach Gründen, eine Pause einzulegen;
- ist immer öfter krank (am liebsten montags oder freitags);
- wirkt permanent überspannt, unzufrieden und klagt über Schlafstörungen, Beklemmungsgefühle in der Brustgegend, Übelkeit oder muskuläre Verspannungen;
- nimmt deutlich zu oder ab;
- verliert jede Lust am Gespräch.

Innere Kündigung ist eine seelische Mißstimmung, die sich schnell weiter ausbreiten kann. Erst betrifft sie lediglich bestimmte Tätigkeitsbereiche, dann das grundsätzliche Verhältnis zur Arbeit, und schließlich verliert der innerlich Gekündigte jegliches Interesse. Konkrete Anläße sind dann oft gar nicht mehr auszumachen, die Gleichgültigkeit des Kollegen wirkt wie ein Charakterzug, der fest mit der Person verbunden ist. Irgendwann können sich die Kollegen gar nicht mehr vorstellen, daß derjenige jemals anders gewesen ist oder in der Zukunft sein könnte.
Manche Mitarbeiter allerdings, die innerlich kapituliert haben, scheinen in anderen Bereichen vor Aktivität nur so zu strotzen. Die Erklärung ist einfach: Wem die Befriedigung durch Erfolgserlebnisse und berufliches Vorwärtskommen versagt bleibt, der sucht nach einem Ersatz. Die Symptome sind relativ einfach zu erkennen. Ein Kollege, der sein Engagement auf Freizeit und Familie verlegt hat, blättert vielleicht lustlos in seinen Unterlagen. Bei jedem Privatgespräch aber ist er hellwach.
Neben dieser Kompensation durch Aktivitäten in der Freizeit, die ein durchaus positiver Weg sein kann (nämlich

immer dann, wenn an einer desolaten Arbeitssituation nichts zu ändern ist), können solche »Ersatzbefriedigungen« auch direkt am Arbeitsplatz gefunden werden. Da ist zum Beispiel die Angestellte, die zwar keine Lust auf ihre Arbeit hat, dafür aber mit Feuereifer Geld für ein Geschenk sammelt und sich um Sekt und Häppchen kümmert, wenn jemand in der Abteilung Geburtstag hat. In einem großen Unternehmen eine durchaus zeitraubende Beschäftigung und von den Kollegen, die sich um derlei lästige Zusatzarbeit nicht gerade reißen, mit Dankbarkeit angenommen.

Oder die unterforderte Telefonistin, die jedes Gespräch mit müder oder abweisender Stimme entgegennimmt, aber gern für die ganze Abteilung Ausflüge organisiert und alle zwei Tage selbstgebackenen Kuchen mitbringt. Sie blüht förmlich auf, wenn die Kolleginnen zugreifen und sie für ihre Fähigkeiten loben, erlebt allerdings immer dann eine kleine persönliche Katastrophe, wenn im Büro Diät gehalten wird und plötzlich niemand Lust auf Ablenkung von der Arbeit hat.

Bei all den genannten Symptomen für innere Kündigung im Beruf, das sei hier noch einmal betont, können private Probleme eine wichtige Rolle spielen. Es kann sich auch um ein vorübergehendes Motivationstief handeln, und der Betreffende »rappelt« sich nach wenigen Wochen selbst wieder hoch. Ebenso können körperliche Beschwerden dahinterstecken oder auch nur eine regelmäßig wiederkehrende Frühjahrsmüdigkeit. Deshalb sollten keine voreiligen Schlüsse gezogen werden: Zur Unterscheidung zwischen einem temporären Rückzug und dem Beginn einer inneren Kündigung gehört eine aufmerksame Beobachtung, dezentes Nachfragen, sensible Vorgesetzte und ausführliche Gespräche.

Gespräch mit der Psychologin Cathrin Rohlfing-Nagel vom Institut für Gruppenforschung und -schulung in Hamburg zur inneren Kündigung im Beruf:

▷ Wie erkennt man innere Kündigung im Beruf?

▶ Der grobe Rahmen einer inneren Kündigung ist die stille Verweigerung von Eigeninitiative und Engagement. Man kennt sie vor allem als »Dienst nach Vorschrift«. Gemeint ist ein Verhalten, durch das man nach außen nicht negativ auffällt, sich nicht über das Notwendigste hinaus engagiert, aber darauf achtet, daß einem niemand etwas vorwerfen kann. Dazu gehören auch diverse Rechtfertigungsstrategien, warum man gerade etwas nicht tun kann. Es gibt einen gängigen Spruch: Für diesen Laden mache ich mich doch nicht verrückt.
Innere Kündigung kann allerdings auch eine Überlebensstrategie sein, die ihre positiven Seiten hat. Es ist ein großer Unterschied, ob sich jemand bewußt oder unbewußt zurückzieht. Sich beispielsweise abzugrenzen, um keine Magengeschwüre zu bekommen, kann ausgesprochen sinnvoll sein. Das sind oft Menschen, die ihre Aktivitäten und Energien in andere Bereiche verlagern.

▷ Was sind die Folgen einer inneren Kündigung der ungesunden Art?

▶ Menschen, die sich nicht mehr mit dem Betrieb identifizieren können, verlieren den Blick für das Gesamte um sie herum. Damit beginnt eine Art Teufelskreis: Die »Ja, aber«-Grundhaltung wird natürlich auf Dauer von den Kollegen wahrgenommen, intuitiv beziehen sie den Betroffenen immer weniger in das betriebliche Geschehen ein. Das wiederum ist für den innerlich Gekündigten eine Bestätigung nach dem Motto: Aha, die nehmen mich nicht ernst, also brauche ich mich auch nicht zu engagieren.

▷ Wie sehen denn die Abwehrtechniken aus?

▶ Von Techniken zu sprechen ist vielleicht nicht der richtige Ansatz. Es ist eher eine Frage des Charakters. Der eine reagiert eher brummelig, der andere wird aufbrausend, und der nächste beklagt sich ständig über zuviel Arbeit. Aber die extremste Form innerer Kündigung ist noch viel schwerer greifbar. Wer brummelt, aufbraust oder klagt, zeigt ja zumindest noch Ansätze, seine Lustlosigkeit offen zu zeigen. Bei einem echten innerlich Gekündigten erkennt man nicht einmal mehr das, weil er seine Arbeit nach außen hin korrekt macht.

▷ Wer ist besonders gefährdet für innere Kündigung?

▶ Anfällig ist, wer die Tendenz zur Harmoniesucht hat und Auseinandersetzungen grundsätzlich aus dem Wege geht.

▷ Kann innere Kündigung nicht auch äußere Ursachen haben?

▶ Eindeutig ja. Wir haben es in unserer praktischen Arbeit am Institut häufig mit Menschen zu tun, die sich engagieren wollen, aber es nicht können. Typischer Hinderungsgrund sind Chefs, die womöglich sogar offen für Anregungen und Ideen sind, aber diese Ideen immer wieder in der Schublade verstauben lassen. Irgendwann gibt dann jeder auf, weil es tatsächlich keinen Sinn macht, sich zu engagieren. Also kommt die Haltung zustande: Ich mache meine Arbeit, und der Rest ist mir egal. Schwerer zu durchschauen sind Konfliktsituationen, in denen sich ein Mitarbeiter regelmäßig nicht durchsetzen kann. Warum das so ist, ist eine andere Frage, das Resultat ist oft das gleiche.

▷ Warum kündigt dieser Mitarbeiter dann nicht offen?

► Abgesehen von der Arbeitsmarktlage, die eine Kündigung häufig unmöglich macht, ist Trennung im Beruf genauso wie im privaten Leben eine schmerzhafte Angelegenheit und braucht einen langen Weg.

▷ Wie kann man erkennen, ob die Gründe für einen stillen Rückzug bei einem selbst oder in den betrieblichen Strukturen zu suchen sind?

► Innere Gründe sind daran zu erkennen, daß sich die Erfahrungen der Betroffenen wiederholen, auch wenn sie die Arbeitsstelle schon mehrfach gewechselt haben. Dann versuchen wir in unseren Gesprächen natürlich herauszufinden, was sie persönlich damit zu tun haben. Wie gehen sie mit Ansprüchen, Wünschen und Konflikten um? Es geht letztlich darum, den eigenen Anteil an der sich wiederholenden Situation zu erkennen, statt die Verantwortung nach außen abzugeben. Häufig existieren starke Parallelen zum Verhalten im Privatleben und in der Partnerschaft. Viele haben in allen wichtigen Lebensfragen das Gefühl, daß ein aktiver Einfluß auf das Geschehen unmöglich oder von vornherein zum Scheitern verurteilt ist. Man muß dann genau hinschauen: Was kann ich tatsächlich verändern? Was liegt in meiner Macht? Wo sind die realistischen Grenzen und wo stelle ich mir selbst ein Bein? Denn wer über das Machbare hinausschießt, gibt irgendwann ebenfalls auf.

▷ Und die äußeren Gründe ...

▶ Davon gibt es jede Menge. Festgefahrene Arbeitsstrukturen und übermächtige Firmenhierarchien ohne Beteiligungsmöglichkeiten der Mitarbeiter sind der ideale Nährboden für innere Kündigungen. Das ist übrigens nicht mit dem klassisch patriarchalischen Führungsstil gleichzusetzen. In altmodisch geführten Unternehmen kann die persönliche Bindung sehr stark sein. Dennoch hat sich mittlerweile die Erkenntnis durchgesetzt, daß innere Kündigung nahezu immer etwas mit Führungskräften zu tun hat. Es wird kaum jemand innerlich kündigen, wenn er sich vom Vorgesetzten wirklich ernstgenommen fühlt. Ein Vorgesetzter muß sehen können, inwieweit ein Mitarbeiter die an ihn gestellten Ansprüche erfüllen kann oder ob sie ihn vielleicht auch unterfordern. Wenn jemand zum Beispiel häufig krank ist, müßte der Chef aufmerksam werden und das Gespräch suchen, statt ihn insgeheim abzuwerten oder einfach abzuschreiben. Wenn er das tut, hat er im Grunde ebenfalls innerlich gekündigt, was seine Führungsaufgaben betrifft.

▷ Gibt es nicht auch heimliche Allianzen zwischen Chef und Mitarbeitern?

▶ Es gibt Vorgesetzte, die ihre Ruhe haben wollen, solange ihr Kompetenzbereich nach außen hin einigermaßen reibungslos läuft. Viele Vorgesetzte fürchten sich auch davor, in ein Wespennest zu stechen. Dahinter steckt die Angst vor einem Gesichtsverlust, denn wer will schon einen Mitarbeiter in seiner Abteilung haben, den er nicht zu motivieren vermag. Außerdem ist der Konflikt mit einem innerlich schon seit längerem gekündigten Mitarbeiter fast immer mühsam und kraftraubend. Daß dieser Konflikt verstärkt gemieden wird, gehört sicher auch zu den Phänomenen dieser kurzatmigen Zeit. Obwohl dem Abteilungsleiter klar sein müßte, daß er in fünf Jahren ein handfestes Problem in der Firma haben wird, kümmert er sich selten frühzeitig darum. Nach dem Motto: Wer weiß, ob ich in fünf Jahren nicht längst in einer anderen Firma oder Abteilung bin.

▷ Gibt es einen Unterschied zwischen männlicher und weiblicher Art der inneren Kündigung?

▶ Frauen harmonisieren eher, entwickeln selbstzerstörerische Tendenzen oder flüchten sich in Bündnisse mit Kolleginnen. Zusätzlich haben viele noch die Familie im Hintergrund und lassen ihren Beruf dann auf Sparflamme weiterlaufen. Das versteht jeder, und das Kind bekommt dadurch einen Namen. Männer sind dagegen immer noch sehr viel mehr auf das Berufsleben fixiert und fühlen sich deshalb stärker ausgeliefert. Dort liegt ein echtes Potential für Aggressionen und Gewalt in der Familie.

▷ Innere Kündigung im Beruf überträgt sich also zwangsläufig auf das Privatleben?

▶ In der Berufswelt haben innere Kündigungen fast immer konkrete Anlässe, können sich aber zu einer Grundhaltung verfestigen. Schwer vorstellbar, daß jemand fünf Jahre mit hängenden Schultern zur Arbeit schleicht, aber ansonsten aktiv, lebendig und engagiert lebt. Die meisten Menschen übertragen ihre Seelenverfassung von der Arbeit irgendwann auch auf die Familie.

▷ Wie wird denn im Kollegenkreis mit innerer Kündigung umgegangen?

▶ Das ist sehr unterschiedlich. Im Idealfall wird die innere Kündigung eines Kollegen direkt zum Thema gemacht.

Meistens aber wird sie hingenommen und der Betroffene immer seltener mit in die Aktivitäten einbezogen. Man fragt ihn nicht mehr in betrieblichen Dingen, man lädt ihn nicht mehr zu Geburtstagen und anderen Feierlichkeiten im Kollegenkreis ein, oder er wird nicht gefragt, wenn es darum geht, eine Glückwunschkarte zu unterschreiben. Das kann Formen annehmen, die mit echtem Mobbing vergleichbar sind, ohne daß sie so angelegt sind.

▷ Wie kann man da wieder herauskommen?

▶ Wenn wir in Firmen gehen, um sie zu beraten, schauen wir uns zuallererst die Betriebsstrukturen an. Dort finden sich viele Hinweise auf das Arbeitsklima.
Unheimlich wichtig ist der Austausch mit den Kollegen. Wenn beispielsweise der Kontakt mit dem Vorgesetzten gestört ist, können ein oder zwei vertraute Kollegen sehr hilfreich sein, um neue Strategien und realistische Perspektiven zu entwickeln. Das ist die halbe Miete. Innere Kündigung dagegen ist ein Schritt in die Isolation.

▷ Gibt es einen Punkt, an dem man offen kündigen sollte?

▶ Diese Grenze ist schwer zu ziehen, das ist eine Frage persönlicher Abwägung, individueller Kraft und realistischer Möglichkeiten. Arbeitslosigkeit kann sehr viel schlimmer sein, als innerlich gekündigt zu haben. Aber um die persönlichen Möglichkeiten abwägen zu können, muß man sich überhaupt erst einmal bewußt sein, in welcher Situation man sich befindet.

▷ Wie muß ein Betriebsklima sein, damit innere Kündigungen von vornherein vermieden werden?

► Wenn man einigermaßen aufmerksam hinschaut, merkt man, ob jemand dabei ist, sich innerlich vom Betrieb zu verabschieden. Besonders bei Kollegen, die schon länger zusammenarbeiten und sich gut kennen.

▷ Was kann man tun, wenn man bei einem Kollegen merkt, daß er sich zurückzieht?

► Ganz wichtig ist, daß man ihn nicht vorwurfsvoll darauf anspricht. Besser ist es zu warten, bis ein wenig Ruhe und Zeit ist und dem anderen dann zu verstehen zu geben, daß man sich Gedanken macht. Je früher man dieses Gespräch sucht, desto bessere Chancen gibt es, eine innere Kündigung abzuwenden.

▷ Was kann ich denn selbst tun, wenn ich merke, daß ich mich auf eine innere Kündigung zubewege?

► Für jemanden, der selbst registriert, daß er kurz davor ist, innerlich zu kündigen, gibt es viele Möglichkeiten der Veränderung. Grundsätzlich geht es darum, aus der passiven Haltung wieder zu einer aktiven zu kommen. Dazu kann man seine Erwartungen überprüfen und sich bemühen, seine Möglichkeiten innerhalb der Firma realistisch einzuschätzen. Wer das schafft, ist schon ein gutes Stück vorangekommen und kann sich auf dieser Grundlage eigene, möglichst konkrete und überschaubare Schwerpunkte setzen. Wer allerdings ständig das Gefühl hat, daß das Problem nur bei ihm selbst liegt oder, umgekehrt, daß immer nur die anderen Schuld haben, sollte sich Rat von außen holen. Das können Freunde oder Kollegen sein, zu denen man großes Vertrauen hat, das können aber auch psychologische Beratungsstellen sein. In jedem Fall ist mit einer ehrlichen Bestandsaufnahme schon der wichtigste erste Schritt aus der inneren Kündigung getan.

Innere Kündigung kann krank machen

Innere Kündigung, das wurde bereits gesagt, kann eine verständliche, in bestimmten Situationen sogar durchaus »gesunde« Reaktion auf äußere Umstände sein, denen man ausgeliefert ist und an denen man, zumindest in absehbarer Zeit, nichts zu ändern vermag. Mitunter, und auch das wurde bereits erwähnt, ist der Rückzug sogar die beste Verteidigung der eigenen seelischen Gesundheit.

In der Mehrheit der Fälle bewirkt der Zustand der inneren Kündigung über Monate oder Jahre hinweg allerdings das Gegenteil. Denn hinter einer inneren Kündigung steckt ursächlich immer ein Gefühl der Unzufriedenheit, und eine dauerhafte Verdrängung dieser Ursache, unter der jemand »vor sich hinleidet«, kann zu einem alles bestimmenden Lebensgefühl anwachsen. Der Rückzug in sich selbst und die daraus folgende Teilnahmslosigkeit an den Dingen, die um einen herum geschehen, kann körperlich krank machen. Ein latentes Grundgefühl der Unausgelastetheit oder Machtlosigkeit, ein sich wiederholender Frust, der aus zerplatzten Träumen und Enttäuschungen herrührt, können zu umfassender psychischer wie physischer Überlastung, zum gelegentlichen Kopfschmerz und zur Migräne, im schlimmsten Fall auch zur Selbstaufgabe und zu Depressionen führen. Der Körper antwortet auf die Mißstimmungen der Seele.

In unseren alltäglichen Sprachgewohnheiten nehmen wir es vorweg. Sätze wie »Was ist dir denn über die Leber gelau-

fen«, »Das Ganze geht mir ganz schön an die Nieren«, »Nimm es dir nicht so zu Herzen«, »Ich habe die Nase voll«, »Zerbrich dir nicht den Kopf« oder »Ich gehe seit Wochen auf dem Zahnfleisch« sprechen wir häufig aus, ohne uns viele Gedanken über ihre tieferliegende Bedeutung zu machen, unter dem Motto: Ärger im Beruf oder Streit in der Partnerschaft ist das eine, Kopfschmerzen, Übelkeit oder Herzbeschwerden das andere. Das liegt vor allem daran, daß die unmittelbaren Zusammenhänge zwischen psychischen Belastungen und physischen Beschwerden schwer zu erkennen und noch schwerer nachzuweisen sind. Und deshalb wurden bis vor nicht allzu langer Zeit auch noch alle medizinischen Richtungen, die bei der Diagnose von organischen Erkrankungen die seelische Verfassung als Behandlungsmaßstab nahmen, von der klassischen Medizin belächelt und als Scharlatanerie abgetan. Und wer einen Krankenhausbetrieb von innen kennengelernt hat, weiß auch, daß viele Ärzte immer noch den Bluthochdruck oder den Nierenstein in Zimmer 124 isoliert behandeln. Das Gespräch beschränkt sich auf eine kurze Visite, Operateure kennen oft nicht einmal das Gesicht ihres Patienten. Vor ihnen liegt, gut vorbereitet, nur der jeweilige Ausschnitt des Körpers, an dem sie mit ihrem Skalpell arbeiten werden. Der Rest des Patienten ist sauber abgedeckt. Fast unmöglich für den Chirurgen, von seiner technischen und hochkomplizierten Arbeit am keimfrei freigelegten Körperteil eines Menschen Rückschlüsse auf eine latente Unzufriedenheit zu ziehen. Auch er kennt natürlich den Spruch »Etwas in sich hineinfressen«, aber einen Zusammenhang zu dem Gallenstein herzustellen, den er gerade herausoperiert, das ist nicht seine Aufgabe.
Erst in den letzten 25 Jahren kam auch die konservative Ärzteschaft zu der Erkenntnis, daß psychosomatische Zusammenhänge eine wichtige Rolle spielen, die es ernst-

zunehmen lohnt. Die Fakten sprechen für sich: Viele tausend Menschen in Deutschland leben mit Beschwerden, Schmerzen und körperlichen Erkrankungen, für die es keine offen erkennbaren organischen Ursachen gibt. Schätzungen zufolge haben zwischen 30 und 50 Prozent der Patienten, die wegen Organbeschwerden einen Arzt aufsuchen, psychosomatische Störungen, das heißt, seelische Probleme bedingen die körperlichen Beschwerden. Bei Magen-Darm-Erkrankungen dürfte dieser Anteil noch höher liegen. Viele Wissenschaftler gehen inzwischen davon aus, daß es auch für Krebs psychische Ursachen gibt, die die Krankheit zwar nicht direkt auslösen, aber doch beeinflussen und beschleunigen können. Die Psychosomatik ist nach heftigen Widerständen inzwischen fester Bestandteil des Medizinstudiums an den Universitäten, und hochqualifizierte Psychiater, Psychologen, Neurobiologen, Hormonspezialisten und Immunbiologen bemühen sich darum, die Zusammenhänge zwischen Körper, Geist und Seele nachzuweisen. Eine ganze Forschungsrichtung ist so entstanden, die Psychoneuroimmunologie (PNI).
Kein leichtes Unterfangen, denn die menschliche Psyche ist nicht gerade unkompliziert, insbesondere wenn es sich um die Folgen eines so »unscheinbaren« und »diffusen« Psycho-Dilemmas wie der inneren Kündigung handelt. Und doch gibt es einen gemeinsamen Nenner: Innerlich Gekündigte schlucken ihren Frust herunter, verbannen ihn in die hinterste Ecke ihrer Eigenwahrnehmung (es sei denn, es handelt sich um einen ausgesprochen bewußten Rückzug). Vermutlich lassen sich nicht wenige Menschen lieber von ihrem Arzt krankschreiben, als sich ständig einer unangenehmen und unbefriedigenden Situation im Beruf auszusetzen. Und viele Ehepartner »flüchten« lieber in Kopfschmerzen (die sie dann tatsächlich auch haben), als ihre Unlust im Bett dem Partner gegenüber anzusprechen und

damit womöglich eine noch größere Enttäuschung zu erleben.

Einige Beispiele sollen verdeutlichen, welche Zusammenhänge zwischen diesem Grundprinzip der inneren Kündigung, dem Schlucken der Probleme, und körperlichen Beschwerden erkennbar sind.

- Empirische Studien haben ergeben, daß Patienten mit zu hohem Blutdruck im Schnitt weit weniger in der Lage sind, sich in Konfliktsituationen Luft zu machen und damit ihren Ärger zu verarbeiten. Mit anderen Worten: Hinter Bluthochdruck steckt oft unterdrückte Wut.
- Häufig ist das Herz eines Patienten, der unter Herzrasen oder anderen Herzbeschwerden leidet, organisch vollkommen gesund. Forscher haben nun herausgefunden, daß eine Trennung die Ursache sein kann oder das stille Leiden des Patienten durch eine Abhängigkeit, für die er sich und seinen Partner haßt, aber sich auch nicht von ihr befreien kann.
- Bei etwa jedem vierten Asthmapatienten werden die Anfälle von psychischen Problemen ausgelöst. Dahinter können zum Beispiel unterdrückte Aggressionen, Abwehr oder Angst stecken. Nach einer amerikanischen Untersuchung wurden Asthmapatienten überdurchschnittlich häufig von ihren Müttern entweder abgelehnt oder, im Gegenteil, übervorsorglich behandelt. Das eine wie das andere stärkt die potentielle Hilflosigkeit und damit den Hang zur inneren Kündigung. Besonders ältere Patienten leiden unter langanhaltenden, unterdrückten Aggressionen, hegen jedoch gleichzeitig den versteckten Wunsch nach mehr Zärtlichkeit.
- Neben dem berüchtigten Streß kann auch das Gefühl mangelnder Geborgenheit und die innere Kapitulation vor Überforderung einen gereizten Magen oder Magengeschwüre auslösen.

- Auffällig oft bringen Neurodermitispatienten die subjektive Erfahrung, abgelehnt zu werden, aus ihrer Kindheit mit. Eine Studie dazu hat ergeben, daß es nur für zwölf Prozent der Mütter neurodermitiskranker Kinder selbstverständlich ist, ihr weinendes Kind in den Arm zu nehmen und zu trösten. Als Erwachsene leiden diese Kranken dann oft unter Bindungsängsten und Kontaktschwierigkeiten. Sie möchten niemanden »an ihre Haut lassen« und verschließen sich deshalb vor ihren Partnern.
- Jede zweite Frau leidet vor der Regel unter Schmerzen oder depressiven Verstimmungen. Die psychischen Ursachen dafür sind oft in der Teenagerzeit zu finden, in der die Heranwachsende kein positives natürliches Verhältnis zur Menstruation entwickeln konnte. Das latente Gefühl der »Unreinheit« in diesen Tagen des Monats bleibt unbewußt bestehen.
- Die innere Kündigung geht oft zusammen mit einer grundlegenden Müdigkeit, Schlappheit oder Lethargie. Unbewältigter Ärger im Beruf oder zu Hause schwächen den Körper und machen ihn anfällig für eine Grippe oder Erkältung. Der Körper nimmt sich sein Recht, weil er sich nach (Bett-)Ruhe sehnt.
- Rund 50 Prozent der Deutschen leiden regelmäßig unter Rückenschmerzen – kein Wunder, schaut man sich die modernen Arbeitsbedingungen an Schreibtischen und vor Computerbildschirmen an. Rückenschmerzen können aber ebenso ein Zeichen für Verantwortung sein, die jemandem zu schwer wird. Patienten mit chronischen Rückenbeschwerden haben oft ein geringes Sebstbewußtsein.

Körperliche Beschwerden sind nicht nur unangenehm und schmerzhaft, sie bieten (meist unbewußt) auch einen idealen Schutz vor Fremdansprüchen und zu hohen Erwartungen an sich selbst. Einer Kollegin, von der man weiß, daß sie regelmäßig unter schwerer Migräne leidet und deshalb alle vier Wochen für das Unternehmen ausfällt, wird man kaum Aufgaben anvertrauen, die ein starkes und zuverlässiges Engagement erfordern. Es ist bekannt, daß hochmotivierte, richtig eingesetzte Mitarbeiter weit seltener wegen einer Erkältung zu Hause bleiben als Kollegen, die vom Unternehmen über- oder unterfordert werden. Welchen Anteil die innere Kündigung in der Wirtschaft an den Fehlzeiten aus Krankheitsgründen hat, ist empirisch nicht exakt zu belegen. Er dürfte allerdings beträchtlich sein.

Es wäre oberflächlich und falsch, jeden Kollegen, der wegen eines regelmäßig wiederkehrenden, scheinbar »läppischen« Schnupfens oder häufiger Kopfschmerzen immer wieder bei der Arbeit fehlt, im Betriebsklatsch gleich als »Krankmacher« abzustempeln oder sogar der Hypochondrie zu bezichtigen. Es geht vielmehr darum, sorgsam und vorurteilsfrei zu analysieren, warum jemand häufig krank ist und deshalb nicht zur Arbeit kommt.

Ähnlich verhält es sich auch in der Partnerschaft. Unwohlsein, Kopfschmerzen oder Magenbeschwerden sind immer noch die einfachsten Ausreden, nicht mit seinem Partner ins Kino zu gehen, zu sprechen oder mit ihm zu schlafen. Solche Unpäßlichkeiten verhindern, daß der Abgewiesene sich direkt verletzt fühlt und möglicherweise auch noch darüber sprechen will. Wer krank ist, ist eben krank: »Keine weiteren Fragen bitte, ich muß mich jetzt hinlegen.«

Eine seelische Dauerbelastung wie die innere Kündigung kann also tatsächlich krank machen. Es besteht eine direkte Vernetzung von Motivation, Engagement, Mißmanagement und Krankheit. Ein kurzer Exkurs in die atemberaubend komplexe Welt der Neurochemie soll hier verdeutlichen, wie unmittelbar die Gefühlszustände unser körperliches Immunsystem beeinflussen: Gefühle wie Angst, Unsicherheit, Wut und Hilflosigkeit werden ebenso wie Freude, Euphorie und Zufriedenheit mit Hilfe von Millionen von Nervenzellen im Gehirn verarbeitet. »Emotionale Transporteure« zum Ort dieser Verarbeitung von Stimmungen und Verstimmungen sind die Hormone. Ihre Ausschüttung wird über das Gehirn und hier vor allem über den Hypothalamus gesteuert, und schließlich bestimmt die chemische Mischung unseres Nerven- und Hormonsystems die Qualität des Immunsystems mit. Denn eine Billiarde weißer Blutkörperchen, T-Lymphozyten, natürlicher Killerzellen und rund 100 Trillionen Antikörper kämpfen unablässig gegen Viren, Bakterien und Krebszellen. Und wie erfolgreich sie dabei sind, hängt besonders von Botenstoffen wie den Hormonen ab, die unsere Gefühlslage zum Gehirn melden. Nur ein Beispiel: Streß führt zur Ausschüttung des Hormons ACTH in der Hirnanhangdrüse, in den Nebennieren wird dadurch die Produktion des »Streßhormons« Cortisol stimuliert. Durch ständige Rückmeldung mit dem Gehirn reduziert und reguliert sich diese Hormonproduktion normalerweise selbständig. Bei einer negativ empfundenen Dauerbelastung wie der inneren Kündigung versagt dagegen die Selbstkontrolle des Cortisols. Es wird zuviel produziert, was wiederum das Immunsystem schwächt.

Nach dem bisherigen Forschungsstand sind Krankheiten also unmittelbare Störungen des Körper-Seele-Gleichgewichts. Psychische Belastungen lösen Alarm aus, wodurch einige Körperprozesse auf Hochtouren laufen, während andere gedrosselt oder ganz gestoppt werden. Ist die Folge eine Reduzierung unserer Immunaktivitäten, bedeutet das nichts anderes, als daß wir den Krankheitserregern die Möglichkeit geben, uns »erfolgreich« anzugreifen – meist trifft es dann unsere persönliche Schwachstelle, die vielleicht schon angeschlagen war oder sowieso des öfteren Probleme macht. Sehr vereinfacht können wir sagen: Wer zu Erkältungskrankheiten neigt und unter seiner inneren Kündigung leidet, hat beste Chancen, jedes Vierteljahr mit einer Grippe im Bett zu liegen.

Es wird wohl noch eine gute Weile dauern, bis die aktuellen Ergebnisse aus diesem ohnehin sehr komplizierten Forschungsgebiet in die Praxis der Arbeitspsychologen und Paartherapeuten und schließlich der Führungsseminare der Unternehmen gelangen. Zwar ist die allgemeine Erkenntnis, daß eine demotivierende Arbeitssituation den Krankheitsstand eines Betriebes nachhaltig negativ beeinflussen kann, mittlerweile Allgemeinwissen. Aber dennoch ziehen nur wenige Führungskräfte entsprechende Konsequenzen. Mit doppeltem Nachteil: Das Unternehmen verliert die volle Arbeitsenergie seiner Mitarbeiter, und die Mitarbeiter selbst fühlen sich immer weniger wohl und werden immer häufiger krank.

Je länger die innere Kündigung als ein Grund für Krankheiten verkannt wird und damit unbeachtet bleibt, desto schwerer ist es, den eigentlichen Ursachen auf die Spur zu kommen. Und damit droht eine Verstimmung, die sich als Kopfschmerz oder morgendliche Übelkeit körperlich manifestiert, zu einer handfesten und langandauernden Depression heranzuwachsen, der krassesten Form des Rückzugs in sich selbst.

Depressionen entfalten sich meistens als kompliziertes Geflecht von Ursachen, Erlebnissen und Erfahrungen, an deren eindeutiger Aufklärung sich Psychologie und Medizin schon lange die Zähne ausbeißen. Es liegt im Wesen der Depression begründet, daß man als ungeschulter Außenstehender häufig nicht mehr nach konkreten, scheinbar

vordergründigen Gründen fragen mag. Depressive versinken deshalb in den Augen von Freunden und Bekannten oft im Stigma der Krankheit.
So erging es auch Sabine, nachdem sie eines Montags plötzlich nicht mehr aufstehen mochte. Seit Monaten hatte sie sich schon müde und erschöpft gefühlt, hatte morgens regelmäßig Angst gehabt, zur Arbeit zu gehen. Sie war als Sachbearbeiterin in einer Hausverwaltungsfirma angestellt und vernachlässigte schon seit langem die Projekte, für die sie zuständig war. Niemandem war bisher aufgefallen, daß einige Betriebskostenabrechnungen längst überfällig waren und diverse Anfragen und Mängelbeschwerden von Mietern nicht beantwortet worden waren. Aber Sabine dachte jeden Morgen aufs neue, daß heute alles entdeckt und das Unheil über ihr zusammenbrechen würde.
Zu Hause erging es ihr nicht viel besser. Ihre vierjährige Tochter war über zwei Wochen krank gewesen, und Sabine sah sich als Rabenmutter, weil sie oft nicht die Kraft hatte, ihr die besondere Fürsorge zu geben, die sie in dieser Zeit brauchte. Nachts konnte sie selten durchschlafen, weil das Kind aufwachte und weinte, tagsüber gab es Streit mit den Nachbarn wegen der nächtlichen Ruhestörung. Von ihrem Mann bekam sie keine Unterstützung. Im Gegenteil, je schlechter es Sabine ging, desto später kam er abends nach Hause. Mit letzter Anstrengung kümmerte sich Sabine um das Allernotwendigste im Haushalt. Alles, was sie tat, empfand sie als reine Pflichterfüllung, aber am liebsten hätte sie sich neben ihre Tochter ins Bett gelegt und nur noch geschlafen.
Sabine bekam Kopfschmerzen, die sie aber nicht sonderlich beachtete. Morgens wachte sie oft wie gerädert auf. Auch dann, wenn sie ausnahmsweise einmal durchgeschlafen hatte. Den ganzen Tag über quälte sie eine bleierne Müdigkeit. Gelegentliche Fragen von Kollegen, ob sie Probleme

habe und ob man ihr irgendwie helfen könne, spielte sie herunter. »Ich glaube, ich muß einfach nur mal richtig ausschlafen«, war ihre Standardantwort. Mehr mochte sie nicht von sich preisgeben, weil sie selbst nicht genau wußte, was mit ihr los war, und weil sie immer befürchtete, daß sie damit ihre mangelhafte Arbeit entlarven könnte. Ohnehin ging in der Firma das Gerücht, daß einige Mitarbeiter entlassen werden sollten, weil das Geschäft nicht besonders gut ging.

Sabine konnte sich kaum noch konzentrieren, zweimal mußte sie sich innerhalb eines Monats für zwei Tage beurlauben lassen, weil sie einfach zu erschöpft war. Als Begründung gab sie die Krankheit ihrer Tochter an, dafür hatte natürlich jeder Verständnis – dabei war die Kleine längst wieder gesund. Zu Hause erledigte sie den Haushalt nur noch schleppend, ließ sich zwischendurch immer wieder auf einen Stuhl sinken oder den Fernseher laufen, ohne hinzuschauen. Kam Besuch, wurde sie wieder vom schlechten Gewissen gepackt und raffte sich mühsam auf. Niemand sollte ihr Nachlässigkeit vorwerfen können, auch nicht ihr Mann. Nach außen hin war kaum zu merken, daß ihre seelische Verfassung immer schlechter wurde.

Anrufen von Freundinnen hörte sie nur soweit zu, um sich nicht offen zu blamieren. Von sich aus rief sie niemanden mehr an und erzählte auch ihrem Mann nichts mehr von ihren Problemen. Sie fühlte, daß er ihr nicht helfen konnte und die deprimierenden Geschichten aus dem Büro schon gar nicht mehr hören wollte.

Eines Abends, während eines Telefonats mit ihrer Schwiegermutter, fiel Sabine mitten im Gespräch der Hörer aus der Hand. Sie hatte einfach keine Lust, ihn wieder aufzuheben, und saß nur minutenlang regungslos neben dem Telefon. Ihr Mann machte ihr Vorwürfe, doch sie ging wortlos ins Bett. Am nächsten Morgen fühlte sie sich ausgehöhlt und nicht in der Lage, zum Frühstück aufzustehen. Sie reagierte auf keine Ansprache mehr. Schließlich holte ihr Mann einen Arzt.

Depressive Verstimmungen hat fast jeder einmal. Man hatte einen frustrierenden Arbeitstag, es regnet, zu Hause gab es mal wieder Streit um nichts, niemand ruft an, und im Fernsehen laufen auch nur Wiederholungen und endlos langweilige Serien. Aber solche Stimmungen halten gewöhnlich nicht lange an, weil die Situation, die für die Niedergeschlagenheit verantwortlich ist, selten lange andauert.

Der Fall von Sabine, die inzwischen nach mehr als zweijähriger medizinischer und psychologischer Therapie einiges in ihrem Leben geändert hat und nur noch selten in depressive Stimmungen fällt, zeigt, wie unmerklich, schleichend und auch für nahe Verwandte schwer erkennbar eine vorübergehende Lebenssituation der Unzufriedenheit in eine echte Depression umschlagen kann, wenn jemand seine Lage ständig hinter einer Fassade versteckt, ohne am Grundübel etwas zu ändern. Sabines Mann, ihre Eltern und Geschwister, ihre Freundinnen und Kollegen – sie alle reagierten verblüfft und erschrocken auf ihren Zusammenbruch. Niemand hatte bemerkt, daß Sabine ihrem Arbeitgeber wie ihrer Familie gegenüber schon seit einiger Zeit innerlich gekündigt hatte, daß sie jeden Tag tiefer in das Gefühl der ohnmächtigen Niedergeschlagenheit versunken und schließlich in eine handfeste Depression abgeglitten war.

Die Medizin kennt drei verschiedene Arten von Depression und unterscheidet damit Stärke und Ursachen dieser Krankheit:

- Die reaktive Depression ist, wie der Name schon sagt, eine direkte Reaktion auf ein äußeres Erlebnis. Das kann ein plötzlicher Verlust eines nahestehenden Menschen, aber auch eine langfristigere Fehlbelastung im Beruf oder im Privaten sein. Es sind also externe Faktoren für diese Form der Depression verantwortlich.

- Die endogene Depression bezeichnet eine Depression, die von inneren, biochemischen Faktoren verursacht wird. Früher nahm man an, daß die endogene Depression immer eine schwere Depression ist, weil sie von innen kommt, während die reaktive Depression grundsätzlich die leichtere ist, weil sie auf ein äußeres Ereignis zurückzuführen ist. Heute weiß man, daß dies nicht stimmt.

- Die depressive Psychose ist die wohl schwerste Form der Krankheit. Sie führt dazu, daß dem Betroffenen, zumindest zeitweise, jegliche Verbindung zur Realität verloren gehen kann. Glücklicherweise kommt diese Art der Depression verhältnismäßig selten vor.

Alle drei Depressionsformen weisen ähnliche Symptome auf: innere Leere, starke Reduzierung der allgemeinen Energien, Selbstmitleid und Schwarzmalerei. Depressive Menschen können sich nur noch mit sehr viel Anstrengung dazu aufraffen, ihrem Beruf nachzugehen, das Familienleben aufrechtzuerhalten oder zumindest, wie bei der inneren Kündigung, den äußeren Schein zu wahren. Vielfach treten schon früh Kopf-, Glieder und Gelenkschmerzen, Konzentrationsmängel oder Magenbeschwerden auf.
Die aus den Folgen einer inneren Kündigung entstandene Depression ähnelt noch am ehesten der sogenannten Entlastungsdepression. Sie ist bekannt für ihr Erscheinen nach bestandenen Prüfungen oder anderen, plötzlich abgeschlossenen aktiven Phasen. Auch der »Pensionierungstod« vitaler Sechzigjähriger, die sich von einem Tag auf den

anderen wie auf dem Abstellgleis fühlen, kann eine solche Entlastungsdepression auslösen.

Nun hat die innere Kündigung zwar andere Ursachen, denn sie kommt ja mehr oder weniger »freiwillig« zustande, die Auswirkungen können dennoch ähnlich sein. Der stille Rückzug aus einer Situation, die aus Sicht des Betroffenen nicht mehr zu ertragen ist, an der er aber auch nichts mehr glaubt ändern zu können, führt zwangsläufig zu einer Art innerer Leere. »Es scheint«, schreibt Matthias Burisch zur Entlastungsdepression, »als ob die meisten Menschen, solange sie Energien in sich fühlen, Zielbindungen in sich vornehmen müssen, um glücklich zu sein.« Zwar hält der innerlich Gekündigte noch die äußere Fassade »Alles ganz normal« mehr oder weniger mühsam aufrecht, in Wirklichkeit jedoch verfällt er in eine heimliche Antriebslosigkeit, die ihm um so mehr zu schaffen macht, weil er allein mit ihr ist.

Depressionen mit unterschiedlichen Ursachen sind zu einem weltweiten Phänomen mit steigender Tendenz geworden. Nach Angaben der Weltgesundheitsorganisation (WHO) sind in der ganzen Welt über 100 Millionen Fälle von Depressionen bekannt, die Zahl der Neuerkrankungen ist in den letzten Jahren sprunghaft gestiegen. Besonders Frauen sind betroffen, ihr Anteil allein an den Neuerkrankungen ist doppelt so hoch wie der der Männer. Dies sind allerdings nur die offiziell und ärztlich bestätigten Zahlen, man nimmt an, daß noch weit mehr Menschen unter Depressionen leiden, die nicht behandelt, weil nicht als solche erkannt werden.

Das mag zu einem großen Teil daran liegen, daß die Depression nicht zu den gesellschaftlich »anerkannten« Krankheiten zählt. Anders als etwa ein Magengeschwür oder eine Herzattacke, die als deutliche Folge von innerer Kündigung auftreten können und entsprechend von der

Gesellschaft als Krankheit »gewürdigt« werden, wird die Depression, und sei sie noch so schwer, von den Mitmenschen und den Betroffenen selbst vielfach als »Versagen« gewertet und daher lieber verschwiegen. Selbst Ärzte, die wegen körperlicher Beschwerden aufgesucht werden, erkennen oft nicht, daß sich hinter den Symptomen ursächlich eine Depression versteckt. So verschreiben viele Ärzte immer noch Medikamente, die zwar die Beschwerden bekämpfen, aber nicht die Ursachen.

Daß die innere Kündigung zu einer echten Depression herangewachsen war, erkannten die Ärzte auch bei Werner erst spät. Als er mit Magenbeschwerden und Verdauungsproblemen zum Arzt ging, riet der ihm, in Urlaub zu fahren oder auf andere Weise den Streß zu reduzieren. »Spannen Sie mal so richtig aus«, war sein gutgemeinter Rat, als er Werner mit einem Rezept in der Hand wieder nach Hause schickte.

Nur konnte Werner mit dieser Diagnose wenig anfangen, denn er wußte nicht, was er noch reduzieren sollte. Bei seiner Arbeit als Graphiker tat er schon längere Zeit nur noch das Nötigste. Im Grunde ging er nur wegen des Geldes und nicht aus Interesse zur Arbeit, echte Perspektiven oder Aufstiegsmöglichkeiten innerhalb der Firma sah er keine. Entsprechend riß er sich nicht gerade um Arbeit und verließ seinen Schreibtisch so früh wie möglich.

Sein Hauptstreß bestand eigentlich darin, so zu tun, als sei er gerade mit wichtigen Dingen beschäftigt, damit niemand auf die Idee kommen konnte, ihm einen neuen Auftrag zu geben. Viele Stunden am Tag verbrachte er mit Computerspielen. Wenn jemand in sein Zimmer kam, schaltete er schnell auf irgendeine Graphik oder ein Textprogramm um. Zusätzlich hatte er immer ein oder zwei Papierstapel vor sich auf dem Tisch, zu denen er greifen konnte, wenn er träumend aus dem Fenster schaute und als Chef einer Werbeagentur auf internationalem Parkett tanzte. Manchmal sah er sich auch als Superstar im Tenniszirkus, dem alle alltäglichen Verrichtungen, die mühsam waren und zu denen er keine Lust hatte, von einem Team emsiger Mitarbeiter abgenommen wurden. Er, die Hauptperson, trat in seinem Traum nur noch in Aktion, wenn es um das entscheidende Match ging.

Erst als Werner einen anderen Arzt aufsuchte, der nicht nur seinen Körper unter die Lupe nahm, sondern ein längeres Gespräch mit ihm führte, stellte sich heraus, daß die Magenbeschwerden auch von enttäuschten Hoffnungen kommen konnten. Werner erzählte, daß er Graphikdesign studiert und schon damals ziemlich klare Pläne hatte, was er in seinem Leben alles erreichen wollte. Zunächst wollte er eine Weile ins Ausland reisen, Erfahrungen in seinem Beruf sammeln und sich die Welt ansehen. Im Anschluß plante er ein paar Jahre in der bekanntesten Agentur der Stadt, die große Aufträge von international renommierten Firmen bekam, um sich schließlich selbständig zu machen.

Seine ehrgeizige Lebensplanung wäre womöglich sogar aufgegangen, denn alle bescheinigten ihm ein außergewöhnliches Talent. Doch dann verliebte er sich kurz nach seinem Examen in seine jetzige Frau. Zwei Monate später war sie schwanger, und eine Abtreibung kam für beide nicht in Betracht. Sie heirateten, als Werner 24 Jahre alt war. Und da er nicht nur große Pläne hatte, sondern irgendwann auch ein harmonisches Familienleben wollte, nahm er eine Stelle an, die er ohne die Verantwortung für seine junge Familie nicht angetreten hätte. Noch immer hoffte er, einige seiner Karriere-Vorstellungen verwirklichen zu können, wenn sie erst einmal aus dem Gröbsten heraus wären.

Aber mit der Zeit mußte er seine Träume mehr und mehr

aufgeben. Er zog mit seiner schwangeren Frau in eine kleine, von seinem Gehalt finanzierbare Wohnung. Jeden Tag ging er lustloser und widerwilliger ins Büro. Seine Kollegen und der tägliche Trott gingen ihm auf die Nerven, und seine Arbeit unterforderte ihn vollkommen. Er machte sich immer häufiger über die »tollen Projekte« lustig und damit nicht unbedingt beliebt. Stück für Stück zog er sich von den gemeinsamen Aktivitäten nach Feierabend zurück und entwickelte sich zum eigenbrötlerischen »ewigen Talent«.

Sogar das Fallschirmspringen am Wochenende, das ihm immer ein starkes Gefühl von Abenteuer und Unabhängigkeit gegeben hatte, vernachlässigte er zunehmend. Er hatte eigentlich zu nichts mehr richtig Lust, seinen Freunden außerhalb der Firma gegenüber aber malte er weiter das Bild des Lebenskünstlers, der auch eine frühe Vaterschaft meisterte und schon irgendwann den Durchbruch schaffen würde. Mit seiner Frau konnte er darüber kaum sprechen, für sie standen Schwangerschaft und finanzielle Sicherheit im Mittelpunkt ihrer Interessen. Als das Kind auf der Welt war und auch noch die Nächte anstrengend wurden, bekam Werner die ersten Magenbeschwerden, später plagte er sich täglich mit Verdauungsproblemen und Gliederschmerzen herum. Die Depression, die sich über Monate hinschleppte, ging erst zurück, als Werner sich entschloß zu kündigen und bei einem anderen Unternehmen neu anzufangen.

Die Ursachen einer Depression zu diagnostizieren, ist tatsächlich nicht ganz einfach. Sowohl bei der leichten als auch bei der schweren Depression können physische Beschwerden nicht nur eine Folge psychischer Probleme sein, sondern auch die Ursache selbst. Der Mensch ist eine psychobiologische Einheit, das zentrale Nervensystem und der Hormonhaushalt wirken auf ihn ein und bestimmen, wie er auf bestimmte Situationen reagiert. Auch bei der Depression, die gemeinhin als rein psychische Krankheit interpretiert wird, weiß man inzwischen von biochemischen Prozessen, die in direktem Zusammenhang mit der Krankheit stehen.

Untersuchungen haben ergeben, daß ein starker Abfall von Progesteron, Östrogen und der Schilddrüsenhormone beispielsweise den Stoffwechsel im Gehirn beeinflußt. Und Stoffwechselschwankungen wiederum können ausschlaggebend für die Entstehung einer Depression sein. Auch wenn die exakten Ursachen- und Folgewirkungen eines veränderten Hirnstoffwechsels noch lange nicht vollständig erforscht sind, scheint doch festzustehen, daß sie in engem Zusammenhang mit depressiven Erkrankungen stehen. Untersuchungen der Payne Whitney-Klinik des New York Hospital zeigten, daß sich bei Menschen, die sich von ihrer Depression weitgehend erholt hatten, der Kalziumstoffwechsel, also die Verwertung des Mineralstoffs Kalzium im Körper, erheblich verbessert, während er bei dauerhaft depressiven Patienten gleichbleibend mangelhaft bleibt. Kalzium ist ein wichtiger Regulator der Gehirntätigkeiten und der Kalziumstoffwechsel unterliegt stark hormonellen Einflüssen.

Frauen durchleben oft vor oder nach ihrer Menstruation depressive Schwankungen. Ein Phänomen, das aus heutiger medizinischer Forschungssicht unter anderem einer veränderten Menge Progesteron und Östrogen sowie der Schilddrüsenhormone zugeschrieben wird. Hier zeigt sich, daß nicht nur psychische, sondern auch physische Einflüsse Ursache für eine Depression sein können: biologisch bedingte Hormonschwankungen vor oder nach der Menstruation und nach der Geburt eines Kindes können die Kalziumaufnahme aus dem Verdauungstrakt ebenso blokkieren wie starker, psychisch bedingter Streß.

Jede zweite Mutter leidet nach der Geburt eines Kindes unter der sogenannten »Wochenbettdepression«. Diese von der plötzlichen Hormonumstellung beeinflußte Niedergeschlagenheit (immerhin verringert sich innerhalb weniger Stunden die Konzentration von Östrogen, Progesteron und der Schilddrüsenhormone um ein Vielfaches) kann so weit gehen, daß Frauen kurzfristig sogar das Interesse am neugeborenen Baby verlieren, obgleich sie sich den Nachwuchs stark gewünscht haben. Eine Frau, die von diesem hormonbedingten Desinteresse nichts weiß und aus Scham auch mit niemandem darüber spricht, läuft Gefahr, daß sich in ihr schon früh und vor allem unberechtigt das Bild einer »schlechten« Mutter festsetzt, die ihr eigenes Kind nicht wirklich liebt. Bei Frauen, die dann noch stark dazu neigen, das Bild der lieblosen Mutter mit demonstrativer Pflichterfüllung nach außen zu kaschieren, kann sich auf diese Weise schon extrem früh eine innere Kündigungshaltung ihrem Kind gegenüber andeuten.

Eine neue Sicht der Dinge

Gespräch mit der Wiesbadener Psychologin Ute Ehrhardt über die innere Kündigung in der Partnerschaft:

▷ Ab wann wird eine innere Kündigung ungesund?

▶ Ein stiller Rückzug vom Lebenspartner kann solange gesund sein, wie er nicht existenzielle Fragen betrifft, sie ausklammert oder umgeht.

▷ Wie kann man denn feststellen, ob es sich noch um einen gesunden Rückzug oder um eine »echte« innere Kündigung handelt?

▶ Wenn einer von beiden immer dann nach der Fernbedienung greift, wenn der andere gerade ein wichtiges Thema besprechen will, oder wenn es nur noch darum geht, wer abwäscht, ist das ein deutliches Signal für innere Kündigung. Allgemeiner ausgedrückt, wenn sich die Partner überhaupt nicht mehr miteinander auseinandersetzen, wenn sie nicht einmal mehr um ihre Bedürfnisse kämpfen oder streiten und keine Lust mehr auf Gemeinsamkeiten haben.
Es ist allerdings auch eine Frage der Persönlichkeit. Woran der eine wirklich psychisch krank werden kann, bewirkt bei einem anderen vielleicht nur eine Umorientierung seiner Interessen, also einen sanften Rückzug.

▷ Gibt es also eine Art charakterliche Disposition für innere Kündigung?

▶ Gefährdet sind vor allem Menschen, die zur Hilflosigkeit erzogen wurden. In der Psychologie nennen wir das »gelernte Hilflosigkeit«. Menschen, die sich selbst nicht als Verursacher der eigenen Lebensumstände empfinden, weder von negativen noch von positiven, haben in der Regel eine starke Erziehung zur Anpassung erlebt. Zum Bravsein erzogene Menschen, die permanent auf Harmonie aus sind, legen sehr viel mehr Wert auf äußeren Frieden als auf die eigenen Wünsche und Vorstellungen. Für sie dominiert das Gefühl, daß ihr Leben von außen bestimmt wird. Sie halten den Schein aufrecht und kündigen lieber im stillen, weil ihnen der Mut fehlt, eigene Lebensentwürfe aktiv zu verfolgen oder sogar Konsequenzen zu ziehen, falls sie mit dem Partner gar nicht auf einen Nenner kommen.

▷ Nur selten vollziehen beide die innere Kündigung gleichzeitig ...

▶ Das ist ein ganz wichtiger Punkt, weil sich so das Dilemma der inneren Kündigung bestens entfalten kann. Sich für eine bestimmte gemeinsame Lebensweise entscheiden kann man nur zusammen, zurückziehen kann sich aber auch einer allein. Der Partner ist dem ziemlich hilflos ausgeliefert, auch wenn er spürt, daß der andere sich zurückzieht. Er kann den Partner ja schlecht dazu zwingen, die innere Kündigung wieder aufzuheben. Der würde sich einfach eine oder gleich mehrere Ausreden suchen, die nur schwer zu widerlegen sind. Auf den Partner wirkt das natürlich wie ein »Verrücktmacher«, wenn sich der andere immer wieder mit dem klassischen Argument »Ich wollte ja, aber ich mußte ...« aus der Affäre zieht. Damit überläßt es der innerlich Gekündigte nämlich dem Partner, Lösungen zu finden, die es im Grunde gar nicht gibt.

▷ Trifft innere Kündigung besonders auf die klassische Ehe zu, bei der die Frau den Haushalt führt und der Mann zur Arbeit geht, oder ebenso auf Partnerschaften, in denen beide berufstätig sind und sich auch gemeinsam um den Haushalt kümmern?

▶ Erst einmal ist eine wirklich paritätische Aufteilung selten. Aber auch dort gibt es die Gefahr der inneren Kündigung. Wenn beide abends von der Arbeit nach Hause kommen, hat vielleicht keiner mehr die Lust oder Kraft, Fenster zu putzen. Es mag lächerlich klingen, aber solche Dinge wie schmutzige Fenster können zum Grund für innere Kündigung heranwachsen. Man muß sich darüber klar sein, daß einen die Wirklichkeit einholen kann und deshalb manche Lappalien zu überhöhten Ansprüchen wachsen können. Deshalb ist es so wichtig, sich offen darüber zu unterhalten, wie dieses scheinbar läppische Problem zu lösen ist. Möglicherweise entscheidet man sich dafür, die Fenster dann doch lieber ungeputzt zu lassen. Oder man engagiert eine Putzhilfe, wenn man sie sich leisten kann.

▷ Welche äußeren Umstände können denn noch die Tendenz zur inneren Kündigung fördern?

▶ Alle Umstände, die verhindern, daß sich jemand entfalten kann. Das gilt zum Beispiel für eine Frau, die mit einem sehr karrierebewußten Mann zusammenlebt und häufig mit ihm umzieht. Während er die Leiter nach oben klettert, hat sie im Grunde nie eine Chance, persönliche Erfolge zu erringen, weil sie nie lange genug an einem Ort lebt.

▷ Warum setzt sie sich nicht durch?

▶ Manche Frauen tun das. Sie entscheiden irgendwann für sich allein, hier bleibe ich jetzt, hier baue ich mir etwas auf. Dann muß ihr Mann damit klarkommen und sich irgendwie darauf einrichten.

▷ Und schon ist der Eklat da?

▶ Manchmal ist es zu spät, eine Krise zu vermeiden. In einem früheren Stadium allerdings kann sie ihrem Partner zumindest ankündigen, daß sie beginnt, sich innerlich zurückzuziehen. Das macht auch dann schon Sinn, wenn sie selbst noch gar nicht genau weiß, was sie stört oder was sie genau möchte. Der Satz »Ich bin mit dieser Situation unzufrieden« kann manchmal schon den Bann des Schweigens brechen. Wenn das nicht zu bedrohlich vorgetragen ist, wird sich auch der Partner in der Regel um gemeinsame Lösungen bemühen. In dieser Atmosphäre können Vorschläge diskutiert und auch schon kleine Verträge ausgehandelt werden. So etwas wie »Du gehst mit mir am Freitag ins Theater, dafür halte ich dir am Samstag meine Eltern vom Hals«. Solche Absprachen können funktionieren, wenn sich die Partner klar darüber sind, daß sie sich damit gegenseitig etwas »schenken«, um wieder mehr miteinander zu tun zu haben. Denn wenn Absprachen von vornherein als häßliche Pflicht installiert werden, ist jedes Versprechen auf Dauer zum Scheitern verurteilt.

▷ Können Kinder als gemeinsames Lebensprojekt eine innere Kündigung aufbrechen?

▶ Zuerst einmal wirbeln Kinder einiges durcheinander, anstatt automatisch Ordnung ins Familienleben zu bringen.

Es entstehen fast immer Krisen, die sich die wenigsten zu- oder eingestehen. Dahinter verbirgt sich das Klischee, daß durch Kinder die Partnerschaft ausschließlich wachsen, stärker werden muß. Fast jedem fällt es wohl schwer zuzugeben, daß das Kind ihn noch weiter vom Partner entfernt hat, weil nun das Kind im Mittelpunkt, vielleicht sogar zwischen den Partnern steht. Dauerstreß, schlaflose Nächte – meistens sind Frauen davon stärker betroffen, weil Männer immer noch ein stärkeres Recht haben, sich zumindest zeitweise zurückzuziehen. In diesem Umfeld kommen oft neue Spannungen auf.

▷ Wie werden solche Konflikte heute ausgetragen?

▶ Eigentlich müßte man darüber streiten, wer das Kind wann nimmt, wer weiterhin Karriere im Beruf machen darf oder wie es vielleicht doch möglich ist, daß beide im Beruf bleiben können. Diese Gespräche finden allerdings oft gar nicht oder viel zu spät statt. Meistens sind es dann die Frauen, die plötzlich spüren, daß sie viel mehr aufgegeben haben, als sie eigentlich wollten. Und das nehmen sie dem Partner übel, ohne daß ihnen die Zusammenhänge bewußt sein müssen. Womöglich denken sie sogar, daß nur mit ihnen etwas nicht stimmt. Nach dem Motto: Ich bin eine schlechte Mutter, die anderen machen das so toll und scheinen darin aufzugehen. Eine Frau, die mit solchen Gefühlen allein bleibt, beginnt immer stärker an sich zu zweifeln. Ein idealer Nährboden für eine innere Kündigung, die sich zuerst auf die eigene Person richtet und sich später auf den Partner und andere Menschen ausbreiten kann.

▷ Was muß sich in unserem Zusammenleben ändern, damit innere Kündigungen zur Ausnahme werden?

► Wenn wir es schaffen, eine Streitkultur zu entwickeln, bei der die individuelle Gürtellinie festgelegt und eingehalten wird, die aber auch nicht bis zum Haaransatz geht, dann dürfte innere Kündigung eigentlich nicht mehr nötig sein.

Trennung oder was?

Dieses Kapitel, das sei gleich vorweg gesagt, ist kein Plädoyer für die Aufrechterhaltung der Ehe um jeden Preis. Es wäre auch paradox, angesichts des Phänomens innere Kündigung die Ehe schönzureden. Es gibt viele, gute und vor allem sehr persönliche Gründe, sich zu trennen. Zum Beispiel, wenn jemand entdeckt, daß seine Bedürfnislage von der seines Partners in wichtigen Punkten verschieden ist. Oder wenn der andere sich in eine Richtung verändert, mit der man nicht leben möchte. Oder wenn sich die eigenen Vorstellungen von Ehe grundlegend wandeln und der Partner diese nicht respektiert. Lieber wieder allein oder eine neue Liebe als ein passives Dahindämmern in einer Beziehung, die uns mehr Probleme als Freude bereitet.
Und doch, fragt sich auch die Therapeuten-Szene immer häufiger, irgend etwas stimmt da nicht mit der »Scheidung als Normalfall«. Wir leben in einer ganz besonderen gesellschaftlichen Situation. Nie zuvor gab es weniger Gründe, sich nicht zu trennen. Die Ehe ist keine Lebensaufgabe mehr, sondern ein Projekt – allerdings ein höchst kompliziertes, beschlossen von zwei oft sehr selbständigen, individuellen Charakteren. Läuft es gut, bleiben wir zusammen. Scheitert es, trennen wir uns und suchen, im günstigen Fall mit einem mächtigen Erfahrungsschatz als Aussteuer, ein neues Glück.
So weit, so gut. Und sollten wir nicht froh sein über die neue Freiheit, ein Stück unseres Weges, solange es uns et-

was »bringt«, mit einem Partner zusammengehen zu können, und wenn es nichts mehr zu erobern und entdecken, nichts mehr zu geben und nichts mehr zu nehmen und nichts mehr zu sagen gibt, weil die persönliche Entwicklung auseinanderläuft, sich nach einem neuen Mann oder einer neuen Frau umzusehen? Die modernen Partnerschaften auf Zeit, glauben Stephan Lermer und Hans Christian Meiser, die Münchner Autoren des Buches *Lebensabschnittspartner – Die neue Form der Zweisamkeit* »gehören zum Alltag der westlichen und bald auch der östlichen Liebes- und Sexualkultur. Sie sind nicht genetisch, sondern sozial bedingt.«

Die relative Unabhängigkeit von wirtschaftlichen und moralischen Ehezwängen läßt den Lebenspartner der Jetztzeit in einem neuen Licht erscheinen. Das gelebte Modell Lebensabschnittspartnerschaft kann, einmal befreit vom äußeren Druck zum ewigen Glück, so vieles sein:

- Sie kann ein (durchaus ernster) Versuch sein herauszufinden, wer eigentlich wirklich zu mir paßt. Denn nur über das konkrete Erleben der Zweisamkeit ist es schließlich wirklich möglich, sein Verständnis von Liebe und Partnerschaft beziehungsweise seine Bedürfnisse nach Nähe und Distanz zu entdecken. Stellt sich der Versuch als nicht lebbar heraus, verabschiedet man sich voneinander und nimmt im Idealfall auch noch ein gutes Stück Erfahrung und Erkenntnis mit zum nächsten. Und wenn es der oder die richtige ist – umso besser.
- Die Lebensabschnittspartnerschaft kann auch als schlichte »Liebe im Tauschgeschäft« gesehen werden, wie es Lermer und Meiser nennen. »Man prüft Wert und Gegenwert kritisch. Ist man unzufrieden, fehlt oft die Lust zur Auseinandersetzung, zur Klärung der Beziehung. Ersatz wird gesucht, und so wird oft ganz schnell aus einer scheinbaren Liebe eine kurze Beziehung.« Statt

Kompromiß und Rückzug in die innere Kündigung also die nüchterne Betrachtung: Gibt mir mein Partner ebensoviel wie ich ihm gebe? Gewinne ich immer noch dazu oder investiere ich meine Gefühle, ohne selbst auch entsprechend davon zu profitieren?

- Die Lebensabschnittspartnerschaft kann ebenso als Herausforderung angenommen werden, um gar nicht erst in den Orkus der ehelichen Langeweile abstürzen zu können. Ein Partner ohne Gewähr bedeutet für viele »Beziehungs-Hopper« auch, daß sie immer wieder aufs neue kämpfen können und damit manchmal eine abenteuerliche, prickelnde Intensität erreichen, von der sie glauben, daß sie sie in einer langjährigen Partnerschaft niemals mehr erleben könnten. Dieser Sucht nach dem Abenteuer erliegen besonders häufig konfliktscheue Menschen, die sich ständig in der Gefahr wähnen, vor einem Alltagstrott kapitulieren zu müssen, weil sie nicht bereit sind, eine bestehende Beziehung durch Auseinandersetzung ihren veränderten Bedürfnissen und Empfindungen gemäß zu gestalten.

Das Modell Lebensabschnittspartner ist eine freie und gleichsam unverbindliche Art (im wahrsten Sinne des Wortes: Kunst), mit dem aufgeklärten Grunddilemma der Liebe der 90er Jahre umzugehen. Lermer und Meiser formulieren es so: »Einerseits leben wir im Bewußtsein, die Liebe sei auf Ewigkeit ausgerichtet, andererseits würden wir gerne spontan und frei promiskuitiv handeln, d. h. so viele Partner lieben, wie es uns gut tut, bewußte Lebensabschnittspartnerschaften eingehen.«
Es könnte ja immerhin sein, daß eine Scheidungsrate von bald fünfzig Prozent, wenn wir erst einmal gelernt haben, mit dem »Partner-solange-es-eben-gut-mit-ihm-ist«-Modell ganz selbstverständlich umzugehen, irgendwann nicht

mehr als gesellschaftliches Manko beklagt, sondern als besonders lebendige Liebes- und Beziehungskultur interpretiert wird. Jedenfalls deutet schon jetzt einiges darauf hin, daß das neue Konstrukt der Lebensgemeinschaft auf Zeit mehr als nur eine flüchtige Mode sein könnte: Bei einer ausführlichen Befragung des Bielefelder Emnid-Instituts 1995, bei der 1500 Jungen und Mädchen zwischen 14 und 17 Jahren nach ihrem Sexualverhalten gefragt wurden, kam heraus, daß eine deutliche Mehrzahl bereits mehrere Liebespartner hatten – allerdings fast nie nebeneinander, sondern nacheinander.

Schaut man jedoch genauer hin, erweist sich der schnelle Schnitt durch Trennung in der Realität oft als Trugschluß. Zum einen zeigen amerikanische Studien, daß jeder vierte Geschiedene die Trennung auch nach zehn Jahren noch nicht überwunden hat, und rein statistisch betrachtet ist eine Scheidung sogar ebenso gesundheitsschädlich wie das Rauchen. Zum anderen kommt unter Psychologen immer stärker die Frage auf, in welchen Fällen eine Trennung tatsächlich das Beste für die Betroffenen ist. Denn oft zeigt sich später, daß der Neuanfang mindestens so nervenaufreibend ist wie das Bemühen, etwas an einer unbefriedigenden Partnerschaft zu verändern. Für den Schweizer Psychologen Jürg Willi geht es deshalb heute nicht mehr darum, »ob eine Scheidung gut oder schlecht ist. Heute geht es um die Frage, ob Scheidung das bringt, was von ihr erwartet wird. Das tut sie offensichtlich in vielen Fällen nicht.«

Zu den individuellen Nachwirkungen einer Trennung kommt noch ein weiteres Problem hinzu: Beim nächsten Mann wird eben nicht automatisch alles anders. Gerade die Scheidungswilligen, entdeckte die Soziologin Rosemarie Nave-Herz in einer umfangreichen Studie, haben sich oft schon sehr früh in ihrer Ehe vom Partner zurückgezogen.

Es liegt nahe, was das für ein neues Glück bedeuten kann: Wer bisher nicht zur Beziehungsarbeit bereit war, wird sich vermutlich auch nicht besonders intensiv mit den persönlichen Lehren aus der gescheiterten Beziehung auseinandersetzen. Bei dem neuen Partner treten dann nach der ersten Euphorie meist ähnliche Frustrationsquellen auf wie die, von denen man sich gerade befreit zu haben glaubt.
Hinterfragen wir die Situation realistisch: Was sind die Gründe, an einer Partnerschaft festzuhalten, die uns zwar eine gewisse Sicherheit, aber darüber hinaus kein Flattern im Bauch und nur noch selten das Gefühl der Glückseligkeit bereitet? Was können wir dagegen von einer neuen Partnerschaft erwarten? Ist der Trend zum Lebensabschnittspartner vielleicht doch nur eine Flucht vor ernsthafter Auseinandersetzung oder bietet er die Möglichkeit, mit dem jeweils »richtigen« Partner ein Stück voranzukommen?
Im Grunde müssen wir uns, jeder für sich, ganz persönlich fragen: Inwieweit ist mein momentaner Partner willens und in der Lage, die Entwicklung aktiv zu begleiten, die ich gerade durchmache? Und bin ich selbst daran interessiert, die Entwicklung des anderen mitzutragen und zu bereichern?
»Der Reichtum an Liebe ist die Statik, die Kunst der Liebe die Dynamik«, schreiben Lermer und Meiser zu Recht. Keine leichte Vorgabe: Es ist naturgemäß schwierig, die dynamischen Vorteile einer Trennung »vernünftig« mit den seelischen Tiefschlägen zu vergleichen, die der Kampf um eine statische, aber unbefriedigende Partnerschaft mit sich bringt. Denn die Trennung von einem Lebenspartner ist, trotz aller gesellschaftlichen Freiheiten, eine der persönlichsten und schmerzhaftesten Entscheidungen im Leben. Man kann sich zwar Rat und Trost bei Freunden und psychologischen Beratungsstellen holen, aber letztlich muß

jeder ganz für sich allein beurteilen, ob er seine eigenen Ansprüche an den Partner zurückschrauben kann und will oder ob das Negativkonto der Beziehung so stark belastet ist, daß eine Trennung die beste Lösung ist. Und schließlich muß auch jeder für sich entscheiden, ob die Auseinandersetzung mit dem Partner sich »lohnt« oder ob es grundsätzlich »vergebene Liebesmühe« wäre.

»Vielleicht wird es Zeit«, meint die *Cosmopolitan*-Autorin Susanne Vohwinkel, »der Ehe einen neuen Status zu geben: als Vertrag, daß zwei Menschen einander nach besten Kräften unterstützen wollen. Solange Ehe als konfliktfreies Paradies mißverstanden wird, in dem gelingt, was sonst im Leben nicht möglich ist, ist sie ein auslaufendes Modell. Niemand kann einem anderen ernsthaft versprechen, ihn ewig zu lieben und glücklich zu machen. Aber man kann zusagen, Schwächen mitzutragen, Entwicklung zu fördern und dem anderen das Leben nicht schwerer zu machen, als es ist. Wem das zuviel (oder zuwenig) scheint, der muß ja nicht heiraten.«

Streiten hilft

Der Steuerbeamte Rasmus kündigte seiner Lebensgefährtin Margrit innerlich die Freundschaft, nachdem sie schwanger geworden war. Beide waren seit über drei Jahren fest zusammen, wohnten in einer bescheidenen Zweizimmerwohnung und hatten das Thema Kinder schon öfters angeschnitten, allerdings ohne jemals über einen konkreten Zeitpunkt zu sprechen. Klar schien nur, daß sie einmal Kinder haben wollten.

Nun war es plötzlich soweit, und Rasmus platzte fast vor Freude, als Margrit vom Arzt kam und ihn davon unterrichtete. Sie »unterrichtete« ihn allerdings im wahrsten Sinne des Wortes, so empfand er es, und es kam sogar noch schlimmer. Margrit machte nämlich überhaupt keinen erfreuten Eindruck. Im Gegenteil: Sie fing an zu weinen, und nachdem sie sich wieder einigermaßen gefaßt hatte, eröffnete sie Rasmus, daß sie sich das alles genau überlegen müsse.

Rasmus war tags zuvor 32 Jahre alt geworden. Er ist ein sehr häuslicher Typ, unternimmt am liebsten wenig, aber macht es sich gern zu zweit gemütlich. »Vater zu werden«, sagt er heute, »das bedeutete für mich, daß die Dinge zwischen uns ihren ganz natürlichen Gang gingen.« Margrit, vier Jahre jünger als Rasmus, studierte damals noch Betriebswirtschaft. Sie war und ist ein spontaner Typ, der leidenschaftlich gern ins Kino geht, seine Stammkneipe hat und freie Tage nutzt, um ins Grüne zu fahren oder auch mal einen Last-minute-Kurztrip nach London arrangiert. Und sie ist eine Frau, die ihre Probleme und Entscheidungen meist mit sich allein ausmacht. Nach der Abschlußarbeit hatte sie eine sechswöchige Reise nach Amerika geplant, danach wollte sie nach einem Job Ausschau halten, und dann irgendwann würde sie auch Kinder haben wollen. Rasmus hatte, obwohl ihm nicht unbedingt nach der großen weiten Welt zumute war, ohne lange zu überlegen zugesagt, seinen Jahresurlaub so zu legen, daß er zumindest drei oder vier Wochen mitfahren konnte.

Nun war auf einmal alles anders. Die Stunden nach diesem Vorfall verliefen äußerlich ruhig, aber für beide quälend. Am gleichen Abend noch suchte Rasmus das Gespräch. Margrit, die kaum einen klaren Gedanken fassen konnte, vertröstete ihn auf den nächsten Morgen. In der Nacht lagen beide wach, ohne miteinander zu reden. Gegen Morgen hielt Rasmus es nicht länger aus und begann sanft von Kindern zu schwärmen und beteuerte, daß sie das zusammen schon meistern würden. Wenn es für ihre Karriere sein müßte, würde er auch in den Vaterschaftsurlaub gehen. Er glaubte und hoffte, so ihre Verwirrung und Unsicherheit zu zerstreuen.

Margrit sagte erst einmal nichts. Als Rasmus immer euphorischer wurde und schon den Umzug in eine größere Wohnung plante und die gemeinsamen Finanzen durchrechnete, schnitt sie ihm ungewohnt schroff das Wort ab. »Im Moment weiß ich gar nichts, ich weiß noch nicht einmal, ob ich überhaupt Kinder mit dir haben will«. So hatte sie es zwar nicht gemeint, aber nun war es gesagt und bremste Rasmus mit seinen vorschnellen Plänen. Margrit fühlte sich unsicher und von seiner Schwärmerei unter Druck gesetzt. Rasmus dagegen fühlte sich heftig vor den Kopf gestoßen. Seine erste Reaktion war hilflose Wut. Schließlich war er der Vater des Kindes, das zugegebenerweise in

ihrem Bauch heranwachsen würde. Noch heute packt ihn in Gedanken an diese Nacht die kalte Wut.
In den nächsten beiden Tagen herrschte absolute Funkstille zwischen den beiden. Margrit grübelte vor sich hin, telefonierte viel mit ihren Freundinnen und ihrer Mutter. Das wiederum machte Rasmus nur noch wütender, aber er fand nicht die Worte, um sich Luft zu machen oder vielleicht sogar wieder mit ihr ins Gespräch zu kommen.
Dann hatte sich Margrit entschieden. Sie würde das Kind nicht bekommen. Noch am gleichen Tag machte sie einen Beratungstermin bei Pro Familia aus. Bei einem Abendessen erklärte sie Rasmus ruhig und bestimmt ihre Beweggründe, während er schweigend im Essen stocherte. Sie sagte ihm, daß ein Kind mitten im Examen sie völlig aus der Bahn werfen würde und daß sie Angst hatte, den Anschluß nicht wiederzubekommen. Daß sie außerdem nicht auf seinen Verdienst angewiesen sein wollte, weil sie dann das Gefühl hätte, für eine lange Zeit von ihm abhängig zu sein. Und überhaupt wollte sie mindestens zwei, vielleicht auch drei Kinder, und wenn sie jetzt Mutter würde, müßte sie entweder für zehn bis fünfzehn Jahre zu Hause bleiben oder aber ziemlich schnell nach der Geburt wieder in den Beruf starten, und so bliebe ihr Baby ein Einzelkind. Sie entschuldigte sich auch für ihre abweisende Reaktion drei Nächte zuvor. Sie sei mit den Nerven fertig gewesen und brauchte unbedingt Abstand, um über die Entscheidung für oder gegen das Kind nachdenken zu können.
Für Rasmus änderte die Entschuldigung wenig an seinem Grundgefühl. Sie hatte vollendete Tatsachen geschaffen, bei denen er mit seinen Wünschen und Überlegungen bestenfalls am Rande vorkam. Er machte nicht einmal mehr den Versuch, sie umzustimmen, so bestimmt und endgültig erschien ihm ihre Entscheidung.
In den nächsten Wochen und Monaten wußte Rasmus

selbst nicht genau, was mit ihm geschah. Margrit bemühte sich liebevoll um ihn, strotzte ansonsten vor Energie, kam mit ihrer Examensarbeit so gut voran wie nie zuvor und studierte nebenbei Reiseprospekte. Sie sprachen über alles Mögliche, nur nicht über Kinder und die Abtreibung. Rasmus vermied es auch, sie zum Arzt zu begleiten.
Trotz der oberflächlichen Normalität, die wieder eingekehrt war, hatte sich bei Rasmus etwas Entscheidendes verändert. Er begann, ohne daß es Margrit oder ihm anfangs bewußt wurde, sich einzuigeln. In seinen Plänen war Margrit plötzlich nicht mehr die Hauptperson. Er plante intuitiv mehr und mehr für sich allein, verabredetete sich mit alten Freunden und überließ Margrit alles, was mit dem gemeinsamen Haushalt zu tun hatte. Er war zwar nie der große Hausmann gewesen, jetzt tat er gar nichts mehr.
Fand Margrit in seinen Unternehmungen und Planungen Platz, war es gut. Wenn nicht, war es auch gut. Er suchte und fand Gründe, warum er nicht mehr mit nach Amerika fahren konnte, dafür liebäugelte er jetzt damit, sich ein Motorrad anzuschaffen, obwohl in Margrits Augen alle Motorradfahrer über 25 »großgewordene Kleinkind-Machos« waren. Ihm war das jetzt egal, und er blockte jede Auseinandersetzung darüber geschickt ab.
Der Gedanke, sich von Margrit nicht nur innerlich, sondern offiziell zu trennen, kam ihm dabei nie. »Sie war ja meine große Liebe, und ich konnte mir wahrscheinlich nicht eingestehen, daß diese Liebe einen empfindlichen Dämpfer bekommen hatte.« Der gemeinsame Alltag lief dennoch reibungslos. Margrit steckte mitten im Examen, und Rasmus stürzte sich ebenfalls in die Arbeit und bastelte am Wochenende, wenn sie über ihren Büchern saß, an seinem neuen Motorrad. Nur im Bett ging gar nichts mehr, aber es fiel beiden kaum auf. Einmal sagte er ihr, als sie mit ihm schmusen wollte, daß er das jetzt noch nicht wieder

könne und daß er seine Zeit brauche. Sie hatte Verständnis, und damit war die Sache erst einmal vergessen. Insgeheim hoffte auch Rasmus, daß sich alles wieder irgendwie einrenken würde, obwohl er spürte, daß er sich emotional sehr weit von ihr entfernt hatte.

Heute sind Rasmus und Margrit verheiratet und haben ein Kind. Vor zwei Jahren kam der große Bruch, als Margrit nach ihrem Abschluß nicht gleich einen Job bekommen konnte, die Amerikareise aus Kostengründen stornieren mußte und in ein ziemliches Loch fiel. Sie nahm sich wieder mehr Zeit für Rasmus und ihre Partnerschaft, und was sie dabei entdeckte, erschreckte sie zutiefst. Sie merkte, daß sie mit einem Mann zusammenlebte, der eigentlich gar nicht richtig da war, auch wenn er im Wohnzimmer neben ihr saß. Sie sprach ihn immer wieder darauf an, und nachdem er sich eine ganze Weile beharrlich weigerte, seine Enttäuschung zuzugeben, platzte er damit heraus – in einer Heftigkeit, die sie noch nie bei ihm erlebt hatte.

Nach einigen Monaten dauernden Streits, latenter Spannungen und einer vierwöchigen Probetrennung entschlossen sie sich, Hilfe bei einer Paartherapeutin zu suchen. Mit deren professioneller Unterstützung und dem Wissen, daß sie sich eigentlich beide nicht voneinander trennen wollten, gelang es ihnen, Gespräch für Gespräch wieder das Vertrauen zueinander aufzubauen. Rasmus nahm seine innere Kündigung Stück für Stück zurück, obwohl er sich seitdem nicht mehr so bedingungslos auf das gemeinsame Glück fixiert. »Daß auch ich etwas aus dieser Krise gelernt habe«, feixt er, »sehe ich daran, daß ich immer noch Motorrad fahre.«

In den vorausgegangenen Kapiteln ist es bereits deutlich geworden: Nahezu jede innere Kündigung, im Beruf ebenso wie in der Partnerschaft, hat etwas mit einer Blokkade zu tun, die der Betreffende nicht überwinden kann. Und diese Blockade, die schnell zu einer undurchdringlichen Fassade wird, kann nur erkannt und schließlich überwunden werden, wenn die Beteiligten (Betroffene, Partner, Kollegen, Chefs) den Mut aufbringen, das Schweigen zu brechen und Unangenehmes zum Thema zu machen. Das birgt zwar das Risiko, daß nach einem Grundsatzstreit »alles nur noch schlimmer als vorher« ist, weil das Gefühl der Ausweglosigkeit in der Partnerschaft inzwischen zu dominant geworden ist oder die Struktur eines Unternehmens eine Veränderung zum Besseren ausschließt. Selbst ein »Treffen in der Mitte« ist eben nur dann möglich, wenn der Graben zwischen den Beteiligten nicht schon unüberbrückbar tief geworden ist. Insofern kann statt einer Neubelebung der Beziehung auch die Trennung am Ende einer zu lange aufgestauten Auseinandersetzung stehen, und statt eines Motivationsschubs für den dauerfrustrierten Mitarbeiter die Überlegung, sich unter diesen Umständen tatsächlich nach einer anderen Stelle umzusehen.

Besonders in der Partnerschaft, für die es keinen äußeren Macht-, Kompetenz- und Befugnisrahmen wie im Berufsleben gibt, haben es manche Menschen in ihrem tiefsten Inneren unwiderbringlich aufgegeben, ihre Bedürfnisse gegenüber ihrem Partner einzufordern. Sie sagen ihm nicht mehr die Meinung, versuchen ihm nicht einmal mehr zu erklären, was in ihnen vorgeht. »Es bringt ja doch nichts außer Streit«, denken viele von uns und behaupten, daß sie oder er »mich ja doch nicht versteht« oder daß »es ohnehin gleichgültig ist, was ich will oder fühle«.

Diese Tendenz zur inneren Resignation ist durch die moderne (Lebensabschnitts-)Partnerschaft eher noch verstärkt worden. Während die Positionen in der klassischen Ehe weitgehend festgelegt waren, ist das Mann-Frau-Verhältnis heute offen: Rollen und Machtverhältnisse überschneiden sich, die Grenzen müssen ständig neu ausgehandelt werden. Wer ist wofür zuständig? Wer übernimmt das Finanzmanagement, wenn es denn überhaupt ein gemeinsames Konto gibt? Und wer kümmert sich wann um die Kinder?

Schafft es ein Paar nicht, eine lebendige und im Grundsatz konstruktive Streitkultur für solche Verhandlungen zu entwickeln, geht es irgendwann nur noch um stellvertretende Kleinigkeiten. Es wird um den Abwasch gestritten, um herumliegende Zeitschriften und den vergessenen Geburtstag der Tante, um das bißchen Geld, das er jeden Donnerstag mit seinen Sportfreunden für Schnitzel, Pommes und Bier ausgibt, um den Balkon, den sie immer noch nicht von den Resten ihrer letzten Pflanzaktion befreit hat und um die Beule im Auto, für die mal wieder keiner verantwortlich sein will. Es geht um stundenlanges Telefonieren und das Fernsehprogramm, offengelassene Schubladen und Haare im Waschbecken, um verlegte Autoschlüssel, ungemachte Betten, verbrannte Toastbrotscheiben und vieles mehr.

Die Liste der Trivialitäten, derentwegen man regelmäßig im Clinch liegen kann, ist endlos, und es gibt wohl kaum eine längerdauernde zwischenmenschliche Beziehung, deren Alltag vollkommen frei von Haaren in der Beziehungssuppe ist. Für den Psychologen Michael Cöllen ist unser übertrieben friedliches Familienklima für diese sinnlos scheinenden »Rundlaufstreite« zumindest mitverantwortlich. Wir zerstreiten uns anstatt zu streiten, sagte er dem Wochenmagazin *Stern* in einem Interview, »weil in unserer Gesellschaft Wut und Aggression, die ja in jedem Streit mitschwingen, stark tabuisiert werden. Schon bei kleinen Kindern wird das unterdrückt. Bock, Trotz, Rebellion in der Pubertät – all das sind notwendige Entwicklungsphasen, in denen Streit und Kampf den Sinn haben, sich zu behaupten, erwachsen zu werden.«

Mitunter ist es geradezu kurios, wie sich eine Nebensächlichkeit zu einem übermächtigen, beziehungsbestimmenden Problemberg zwischen zwei erwachsenen Menschen türmen kann. Fast jeder hat zumindest schon von einem Paar gehört, das wegen einer vermeintlichen Lappalie kein versöhnliches Wort mehr miteinander gesprochen hat, und wir Außenstehenden amüsieren uns kopfschüttelnd über so viel Starrköpfigkeit der Streithähne. Und doch ist es furchtbar einfach, selbst in den Strudel eines solchen Konflikts zu geraten.

Manchmal sind nur unterschiedliche Geschmacksempfindungen die immer wiederkehrenden Auslöser, und es kann zur Schlichtung solcher Ärgernisse völlig ausreichen, den Partner mehr oder weniger deutlich auf seine Bedürfnisse hinzuweisen, Kompromisse zu schließen oder einfach mal Dampf abzulassen. »Harte Worte sind gut für die Seele, solange man am nächsten Tag über sie lachen kann«, lautet ein russisches Sprichwort.

Allerdings machen die wenigsten Menschen ihre kleinen Ärgernisse zu einem »echten« Thema, selbst wenn das tägliche Geplänkel schon längst einen ernsthaften Konfliktcharakter hat. Vielmehr erheben wir den Dauerstreit um das berüchtigte Nichts zu einem immer wiederkehrenden, rituellen Akt, der sich an der Oberfläche der lauten Worte und grimmigen Vorwürfe bewegt und damit für beide Seiten einen ungefährlichen, weil vorhersehbaren Charakter behält.

Zugegeben, es ist nicht immer einfach zu unterscheiden, wann die Lappalie wirklich nur eine Lappalie ist und wann mehr. Außerdem steht einem oft noch die Scham im Weg, etwas »Unwichtiges« überhaupt anzusprechen – selbst wenn die immer wieder beanstandete Nachlässigkeit des

Mannes für die Partnerin längst den Ausdruck der Mißachtung angenommen hat oder die dauernde Stichelei der Frau am Frühstückstisch von ihrem Mann als tiefe Kränkung empfunden wird. Solche versteckten oder umgeleiteten Aggressionen sind selten so harmlos, wie sie von außen erscheinen mögen.

Die meisten bleiben deshalb mit den kleinen Verletzungen im Alltag allein. Wer mag bei seinen Freunden und Bekannten schon den Eindruck hinterlassen, daß in seiner Partnerschaft wegen einer Kleinigkeit Teller fliegen, wer will schon aus der Mücke einen Elefanten machen. Und dann kommt auch noch das schlechte Gewissen am nächsten Tag dazu. Man erinnert sich dann an die Boshaftigkeiten, die man in seiner Wut ausgerechnet dem Menschen an den Kopf geworfen hat, den man eigentlich am meisten liebt.

Das Dilemma liegt fatalerweise in der Natur der gleichberechtigten Partnerschaft: Wenn sich ein Partner in der Beziehung zurückzieht oder innerlich kündigt, handelt es sich im Gegensatz zum Berufsleben selten um eine Frage von Recht oder Unrecht. Im privaten Bereich gibt es keinen Vorgesetzten, keine im Ehevertrag festgeschriebenen Hierarchien, Aufgabenbereiche oder Qualifikationen – auch wenn in der Praxis häufig einer der Partner dominiert. Insofern ist der private Rückzug mehr eine Frage von Mentalitäten. Wer extrem harmoniebedürftig ist, kein Gespür für die eigenen Bedürfnisse entwickelt hat oder von starken Verlustängsten geleitet ist, hat von vornherein schlechtere Karten als ein von sich überzeugter und vor allem streitfähiger Zeitgenosse.

Also zieht sich in den meisten Fällen der Schwächere der beiden irgendwann zurück, weil er sich ständig unberechtigt kritisiert oder mißverstanden fühlt und weil die endlosen Diskussionen darüber »ja sowieso nichts nützen«. Die aufkommende emotionale Entfremdung, ausgelöst durch sich summierende innere Verstimmungen, ist dann oft nur noch am unterkühlten Tonfall der Tage danach zu erkennen.

Richtig streiten

Es soll nicht wenige Menschen geben, die aus anerzogener Harmoniesucht noch nie die reinigende »Gewitterwirkung« eines spontanen Streits erfahren haben. Dabei berichten Therapeuten davon, wie überrascht viele Paare sind, wenn sie sich erst einmal auf eine Auseinandersetzung eingelassen haben und erfahren, wie schnell sie trotz der scheinbar festgefahrenen Situation wieder miteinander ins Gespräch kommen. Das heißt, ein Gespräch ist es am Anfang selten. Meist geht es zuerst nur um den Austausch gegenseitiger Kränkungen und Mißverständnisse, Vorwürfe und Beschuldigungen. Mehr oder weniger lautstark, je nach Temperament und der Höhe der Problemberge, die die Beteiligten bis dahin still vor sich hergeschoben haben. Aber selbst diese »häßliche« Phase der Auseinandersetzung kann einer stillgelegten Beziehung wieder Leben einhauchen. Paare, bei denen Streit ein ganz normaler Bestandteil des Zusammenlebens ist, ergab beispielsweise eine Studie der US-Wissenschaftlerin Denise Donnely, leben im Schnitt eine ausgefülltere Sexualität als Paare, bei den immer alles in Ordnung zu sein scheint. Anders ausgedrückt: Das Streiten gehört zum intimen Wechselspiel von Distanz und Nähe einfach dazu.
Viele innerlich Gekündigte stellen, nachdem sie erst einmal »Dampf abgelassen« haben, verblüfft fest, wie wenig sie von dem anderen inzwischen noch wissen und wie viele falsche oder nur teilweise richtige Vermutungen sie sich für

bestimmte Verhaltensweisen des Partners zurechtgelegt haben. Weil sie sich nicht artikuliert haben und weil sie jedem Streit aus dem Weg gegangen sind, konnte sich auch nichts an der für sie unbefriedigenden Situation ändern.

Streiten, so schmerzhaft es für die aktuelle Seelenverfassung ist, kann nicht nur Mißverständnisse aufklären, es kann auch ein sehr wirkungsvolles Heilmittel sein. Und trotzdem halten viele Menschen den Streit immer noch für eine Frage schlechten Benehmens und ein Indiz für eine unglückliche Partnerschaft. Aber Streit ist nicht nur häßlich und gemein, destruktiv, laut und vor anderen Leuten peinlich.

Unzählige Forschungen haben inzwischen bewiesen, daß Aggressivität zur Grundlage einer wirklich intimen Beziehung zwischen zwei Menschen genauso dazugehört wie Zuneigung – als ein notwendiger Gegenpol, ohne den auch Liebe, abgesehen vielleicht von der ersten Euphorie der Verliebtheit, nicht möglich wäre. Die amerikanischen Analytiker George R. Bach und Peter Wyden nennen die Summe aus höchster Intimität und heftigem Streit »optimale Distanz«. Es geht darum, »herauszufinden, wie nahe der eine dem anderen kommen kann, ohne daß dieser das Gefühl hat, verschlungen zu werden, und wie weit er andererseits abrücken kann, ohne daß sich der andere zurückgewiesen fühlt.«

Ganze Expertenteams wie das vom Institut für Gruppenpsychotherapie im kalifornischen Beverly Hills beschäftigen sich mit der »Kunst des richtigen Streitens«, weil sie erkannt haben, daß die Art des Streitens oder Nicht-Streitens das Leben in einer intimen Gemeinschaft wie der Familie oder auch der Firma entscheidend prägt. »Davon ausgehend, daß nichts zerstörender für eine intime Gemeinschaft ist als Schweigen, stumme Vorwürfe oder eine Harmonie vortäuschende Heuchelei«, raten Bach und Wyden allen Lebenspartnern, »durch konstruktiven Streit solche Blockaden aufzubrechen, Aggressionen nicht zu stauen, sondern sofort abzuleiten. Ein verständnisvolleres, liebevolleres Verhältnis zum Partner wird dadurch ermöglicht und der nervenaufreibende Kleinkrieg des (Ehe-)Alltags überflüssig.«

Es geht dabei nicht um Streit um jeden Preis. Nehmen wir einmal an, ein Ehemann ist in der Familie als fünftes Kind großgeworden, und die Rollen des »großen Bruders«, des »Sensiblen«, des »Schlichters« und des »Familienkaspers« waren bereits von seinen Geschwistern belegt. Vielleicht bemerkte er damals irgendwann, nachdem alle seine kindlichen Versuche, Gehör im Familienkreis zu bekommen, gescheitert waren, daß er als streitbarer »Trotzkopf« noch die größte Aufmerksamkeit erreichte. Es liegt nahe, daß der Mann dieses »Erfolgsmuster«, die idealtypische Sozialisation eines »Streithammels«, aus seiner Kindheit auf seine Ehe überträgt.

Wir können nun nach den Folgen für eine spätere Partnerschaft fragen. Sind streitbare Ehemänner oder -frauen automatisch die Stärkeren in der Partnerschaft? Und vor allem: Sind sie wegen ihres ausgeprägten Hangs zum prinzipiellen Widerwort vor innerer Kündigung gefeit? Wohl kaum. Wer um des Streitens willen streitet, erreicht bekanntlich wenig, nicht selten sogar das Gegenteil. Schon allein deshalb, weil es Streitsüchtigen in der Regel gar nicht wirklich darum geht, etwas zu bereinigen. Insofern können sie innerlich längst aufgegeben haben, obgleich sie vordergründig heftiger denn je um jede Kleinigkeit ringen. Auch der Streitsüchtige ist anfällig für innere Kündigung, ebenso wie der Harmoniesüchtige, nur auf eine andere, wesentlich lautere Art und Weise.

Bevor wir uns nun der Kunst des wohldosierten, konstruktiven, »richtigen« Streitens widmen, wollen wir uns einige typische Streitfehler vor Augen führen, die eine konstruktive Auseinandersetzung erschweren und sogar unmöglich machen können.

- Wer sofort das Wesen und den Charakter seines Partners in alle Einzelteile zerpflückt und dabei auch noch unter die Gürtellinie trifft, darf sich nicht wundern, wenn der andere intuitiv »zumacht« oder wahllos zurückschießt. »Du bist für mich ein totales Muttersöhnchen« ist das Beispiel einer mißlungenen Eröffnung für einen Disput, bei dem es um mangelnde Verantwortung geht und am Ende eine für beide Seiten befriedigende Lösung gefunden werden oder zumindest in Sicht kommen soll.
- Wenig erfolgversprechend und darüber hinaus sogar schon unfair zu nennen ist es, wenn einer der Streitenden Freunde oder Bekannte in die Auseinandersetzung hineinzieht, um einer direkten Konfrontation aus dem Weg zu gehen. Meistens verhärten sich die Fronten dadurch noch weiter, da jeder bemüht ist, vor dem »Zuschauer« das bessere Bild abzugeben. Gelingt es allerdings, jemanden hinzuzuziehen, den beide Streithähne als »neutralen Beobachter« akzeptieren, so kann der die oft festgefahrenen Positionen durch seine distanzierte Außensicht durchaus lockern.
- »Du kannst ja gehen, wenn es dir nicht gefällt.« Machtspiele können zwar sehr effektiv in ihrer Wirkung sein, führen aber selten zu einem Streit, an dessen Ende eine für beide Seiten akzeptable Lösung erkennbar wird. Es geht hierbei vielmehr darum, den anderen durch Worte oder Taten unter Druck zu setzen. Fast alle Machtkämpfe, auch wenn sie aus einer Position der Hilflosigkeit begonnen werden, haben einen »Entweder-oder-Charakter« und lösen Wut statt Kompromißbereitschaft aus.
- Viele harmonieliebende Menschen halten jede Art von

Streit für ein schlechtes Zeichen und bemühen sich, ihn bereits im Ansatz zu ersticken. Wer aber schon bei den geringsten emotionalen Vorwürfen oder dem ersten lauten Wort des Partners vor Schreck erstarrt, vom Thema ablenkt oder den Raum verläßt, gibt der heilsamen Wirkung des konstruktiven Streitens von vornherein keine Chance. Probleme werden durch Abwürgen nicht bewältigt, sondern lediglich beiseitegeschoben. Außerdem kann, wenn die auf diese Weise verdrängten und aufgestauten Mißstimmungen sich später einmal »Luft machen«, die Sprengkraft so heftig und endgültig sein, daß die Beziehung nicht mehr zu retten ist.

»Falsches« Streiten führt zu Frustration, einem Berg unbewältigter Probleme und schließlich in die innere Kündigung. Die beiden Streitexperten Bach und Wyden haben die verschiedenen Stadien dieses Prozesses ausführlich in ihrem Buch *Streiten verbindet* beschrieben. Bei vielen ihrer Patienten entdeckten die beiden Therapeuten eine Art »Pseudo-Intimität«, die unmittelbar mit der Vermeidung von notwendigen Auseinandersetzungen zwischen Ehepartnern zusammenzuhängen scheint. »Es ist fast eine Ironie«, schreiben sie, »daß die bloße Vorstellung von ›Intimität‹ wie auch der Begriff der ›Aggression‹ verdächtig, ja sogar anstößig sind, und die Paare in unseren Kursen haben uns den Grund dafür gezeigt. Viele halten Intimität für geistlos und berechenbar und zitieren die Redewendung: ›Vertrautheit züchtet Verachtung‹. In dieser Ansicht spiegelt sich das Zeitalter der Ersatzbefriedigung wider. Wie Ersatz für vieles andere ist auch Intimitätsersatz beliebt geworden. Pseudo-Intime tragen Masken und spielen Spiele. Ihre Ehe wird tatsächlich vorhersehbar und langweilig. Die Partner können schließlich genau voraussagen, wie der andere sich in bestimmten Situationen verhalten wird. Wahre Vertrautheit dagegen bleibt ständig faszinierend, weil der

menschliche Geist auf jede Situation eine unendliche Vielfalt von Antworten geben kann und das auch tut.«
Besonders deutlich wirkt die Bereitschaft zum konstruktiven Streit in der Sexualität, der wohl intimsten Verbindung zweier Menschen. Bach und Wyden: »Intimpartner, die sich guten, erfüllten Sex wünschen, müssen bereit sein, dafür zu kämpfen. Negative Emotionen verderben im Gegensatz zu dem, was die Tradition behauptet, den Sex keineswegs, sondern spielen eine notwendige und den sexuellen Genuß erhöhende Rolle in dem kreativen Prozeß, in dem zwei Liebende die für sie beste sexuelle Anpassung suchen.« Mit anderen Worten: Echte und dauerhafte Intimität, ob im Bett oder beim Gespräch während des Abwaschens, ist nur unter Partnern möglich, die sich auch streiten können. Konstruktives Streiten ist deshalb auch die beste Vorbeugung vor innerer Kündigung.
Aber wie streitet man sich konstruktiv und gewinnbringend? Wie kämpfe ich um die Erfüllung meiner Bedürfnisse, ohne dem anderen die Luft zum Atmen zu nehmen? Wie kann ich heikle Themen ansprechen, ohne daß es gleich zum Eklat führt? Wie erkenne ich, ob sich ein Nachgeben lohnt, oder ob es wichtiger ist, in einem bestimmten Punkt hartnäckig zu bleiben?
Ein allgemeingültiges Rezept zur Lösung von Konflikten gibt es zwar nicht, wohl aber ein paar praktische Methoden. Stellvertretend für viele andere sollen hier einige Grundregeln aus der »Mediation« (aus dem amerikanischen: Vermittlung) aufgeführt werden, und zwar deshalb, weil es sich bei der Mediation um ein praktisches Verfahren handelt, das sich in anderen Ländern bereits in vielen Lebensbereichen (Familienkonflikte, Nachbarschaft, Politik) bewährt hat. In Deutschland wird Mediation bisher hauptsächlich zur Schlichtung in Scheidungsverfahren angewandt. Aber ob »große« Politik oder »kleiner« Ehestreit,

es geht bei der Mediation immer um eine aktive Lösung, um die Suche nach einem Ausweg für die Beteiligten.
In der professionellen Mediation übernimmt ein neutraler Dritter die Vermittlung. Er gibt die Streitregeln vor und bestimmt die einzelnen Schritte; er achtet darauf, daß beide Parteien zu Wort kommen, daß Gefühle, Ängste und Erwartungen ausgesprochen und einbezogen werden können; und schließlich sorgt er dafür, daß verbindliche Verabredungen getroffen und auch eingehalten werden. Die Konfliktarbeit selbst bleibt allerdings in der Hand der Streitenden, der »Mediator« hält sich als neutrale Instanz so weit wie möglich im Hintergrund.
Die Wirkung der Mediation ist oft bemerkenswert. Denn wer sich einmal »erfolgreich« gestritten hat, wird auch beim nächsten Konflikt aktiv eine Lösung anstreben – auch dann, wenn gerade kein professioneller Mediator zur Stelle ist.

- Bevor man in die konkrete Auseinandersetzung einsteigt, sollte man sich zumindest tendenziell darüber einig sein, daß man seiner Partnerschaft eine Überlebenschance einräumt. Denn ein Streit unter ungleichen Voraussetzungen (einer will die Ehe retten, der andere hat sich innerlich schon zur Trennung entschlossen) ist fast immer von vornherein zum Scheitern verurteilt.
- Besonders langjährige Partner nehmen oft gar nicht mehr wahr, was der andere ihnen sagen will, weil sie seine Ansichten, Gefühle und Argumente ohnehin zu kennen glauben. Bemühen Sie sich deshalb (so schwer es manchmal auch fällt), Ihrem Partner auch bei einem solchen Streitthema aufmerksam und möglichst ruhig zuzuhören, das schon häufig auf dem Tisch war. Fragen Sie sich selbst: Was will er mir eigentlich sagen? Warum macht ihn diese »Kleinigkeit« immer wieder so wütend? Was hat ihn wirklich gekränkt?

Lassen Sie ihn ausreden, halten Sie den Kommentar, der Ihnen schon auf der Zunge liegt, zurück. Fragen Sie bei Kritik nach (»Was meinst du damit?«), statt sich vorschnell zu verteidigen. Schreiben Sie sich Ihre Einwände für einen späteren Zeitpunkt auf.

- Zeigen Sie ihrem Gegenüber, daß Sie seine Kritik verstanden haben. Wenn nötig, wiederholen Sie den Kern seiner Vorwürfe in eigenen Worten. Das hilft nicht nur Ihrem Partner, sondern auch Ihnen. Nur wer sich in die Lage des anderen versetzt, kann auch die Hintergründe für sein Verhalten erkennen.
- Geben Sie ihm in den Punkten recht, in denen Sie tatsächlich seiner Meinung sind. Die Gefahr, den Konflikt dadurch aus den Augen zu verlieren oder in eine schlechtere Position zu geraten, ist weniger groß als von den meisten von uns in einer aufgeregten Streitsituation geglaubt wird. Im Gegenteil: Es macht es dem anderen einfacher, später auch Ihre Sicht der Dinge anzuhören.
- Nur wenige Menschen können hellsehen. Versuchen Sie deshalb, sich so klar und verständlich wie möglich auszudrücken. Wenn es irgend möglich ist, überlegen Sie schon vorher, was Sie sagen wollen. Dazu gehört auch, einen »günstigen« Zeitpunkt zum Streiten auszuwählen – also nicht gerade nachdem Ihr Partner bereits Ärger mit den Kindern oder im Büro hatte.
- Versuchen Sie gar nicht erst, rein sachlich zu bleiben, wenn Sie dann doch vor Wut platzen. Sprechen Sie offen über Ihre Wut, Hoffnungen und Ängste. Wenn Sie Ihrem Partner dabei nicht in die Augen schauen können, ohne die Fassung zu verlieren, setzen Sie sich eben mit dem Rücken zueinander.
- »Wie hättest du es denn gern?« Fragen Sie zum Beispiel bewußt nach seiner »Ideallösung« und beschreiben Sie

Ihre eigene. Auf dieser Grundlage kann man meist besser »verhandeln« und gemeinsam nach Kompromissen suchen, weil man jetzt genau weiß, wie die Vorstellungen des Gegenübers aussehen.

- Wenn beide Seiten zu Kompromissen bereit sind, treffen Sie so verbindliche Vereinbarungen wie möglich: »Du läßt die spitzen Bemerkungen über meine Eltern, dafür verzichte ich auf meine Moralpredigten, doch netter zu ihnen zu sein.« Wägen Sie ab: Was kann ich leicht abstellen und was ist mir wichtig?
- Besonders wichtig: Sprechen Sie das Streitthema nach ein paar Wochen noch einmal an. Hat sich etwas geändert? Was hat nicht funktioniert und was ist gut gelaufen? Wer hat welche Vereinbarungen nicht eingehalten und warum? »Verhandeln« Sie bei Bedarf neu, denn es gibt keine ewig gültigen Lösungen. Korrigieren Sie, wo es nötig ist. Und vor allem: Freuen Sie sich gemeinsam über gelungene Veränderungen und Fortschritte.

Einige konkrete Konfliktbeispiele aus Partnerschaft und Beruf, die in den Interviews zu diesem Buch häufig genannt wurden, sollen zeigen, welche Hilfsmittel sinnvoll sind, um den Streit in konstruktive Bahnen zu lenken:

- Sie streiten sich mit Ihrem Partner zwar selten, erleben aber auch nichts Schönes mehr zusammen. Vorschlag: Verabreden Sie einen Sonntagnachmittag zu zweit (der Sonntag ist mit 27 Prozent aller Streite der »Hauptstreittag« der Woche) in einer Atmosphäre, die beide als angenehm empfinden. Jeder erzählt, ohne daß der andere unterbrechen darf, von seinem Frust und seinen Wünschen. Verhandeln Sie abwechselnd über die einzelnen Streitpunkte, und überlegen Sie zusammen, wie Sie gemeinsame Wünsche im Alltag umsetzen können.
- Sie wollen ein Kind, Ihr Partner will noch warten; Sie

wollen reisen, er will ein Haus; Sie wollen viel Unabhängigkeit, er will alles mit Ihnen teilen. In allen wichtigen Fragen geraten Sie regelmäßig aneinander. Schildern Sie sich gegenseitig Ihr Ideal von der Zukunft, Ihre Hoffnungen, Ängste. Sprechen Sie über Prioritäten und verhandeln Sie »aufeinander zu«. Wenn Sie dennoch zu keinen Einigungen finden, versuchen Sie, einen neutralen (!) »Beisitzer« aus dem Freundeskreis, den beide als potentiellen Vermittler akzeptieren, dazu zu bitten.

- Es geht immer nur um Kleinigkeiten, den Abwasch oder das Fernsehprogramm. Nehmen Sie die scheinbaren Nichtigkeiten ernst, indem Sie sie zum Thema machen. Schreiben Sie Ihre Ärgernisse auf, dann verhandeln Sie. Treffen Sie Vereinbarungen für einen überschaubaren, begrenzten Zeitraum und verhandeln Sie dann neu.
- Er ist nie mit Ihrer Mutter warm geworden, blockiert bereits, wenn nur der Name fällt. Wählen Sie einen Zeitpunkt mit besonders gelassener Stimmung und fragen Sie ohne Vorwürfe nach den Gründen. Schildern Sie, welche Gefühle seine Ablehnung bei Ihnen auslöst, und suchen Sie gemeinsam nach realistischen Kompromissen.

Auch der Streit im Büro beginnt häufig mit Mißverständissen. Aber weil der Anlaß so nichtig erscheint, schlucken wir ihn runter. Vieles, was in einem kurzen Gespräch sofort zu klären wäre, endet so im offenen Disput, der Intrige oder dem stillen Rückzug in die innere Kündigung. Dr. Reiner Blank, Unternehmensberater und Experte für Bürostreit aus Celle, nennt den häufigsten Grund für entnervende Dauerkonflikte im Beruf: »Einige haben eine vernunftsbetonte Sichtweise der Dinge, andere eine eher gefühlsbetonte. Das ist eine reine Typfrage, und deshalb geht es darum, seine eigene Sicht und die des anderen zu entdecken und dann zu klären, wann der Kopf und wann der Bauch dominieren sollte. Wenn die Kollegen es erst einmal geschafft haben, ihre subjektiven Wahrnehmungen zu entschärfen, dann können sie auch konkrete Vereinbarungen treffen.«

- Der Chef scheint Ihre Arbeit für unwichtig zu halten. Er blickt nur kurz über Ihre Unterlagen, Ihre Vorschläge ignoriert er. Bevor Sie trotzig oder frustriert auf »Dienst nach Vorschrift« umschalten, bitten Sie um ein Gespräch. Wählen Sie dafür einen Zeitpunkt, an dem Sie mindestens zehn Minuten Ruhe haben. Überlegen Sie vorher, was Sie sagen wollen, dann schaffen Sie es auch deutlich zu werden, ohne feindselig zu wirken. Ein diplomatischer Kniff: Überlassen Sie ihrem Chef die Entscheidung, wann und wieviel Zeit er sich künftig für Ihre Arbeit nimmt.
- Ihr Kollege arbeitet mit spitzen Ellbogen: Er weiß alles besser, schnappt sich grundsätzlich die interessantere Arbeit, Ihnen bleiben die undankbaren Fleißjobs und die Rolle der grauen Maus. Hier ist die inhaltliche Abgrenzung wichtig. Bitten Sie um eine Besprechung, bei der die Aufgaben klar verteilt werden. Wiederholen Sie in eigenen Worten, was vereinbart wurde, damit sich der Kollege an die Absprachen gebunden fühlt.
- Immer sind Sie es, die morgens Kaffee aufsetzt und sich um frische Blumen kümmert. Von den Kollegen kommt nicht mal ein Dankeschön. Bevor Sie ganz darauf verzichten, für angenehme Arbeitsbedingungen zu sorgen, schildern Sie den betreffenden Kollegen, wie Sie sich dabei fühlen. Oft sind sich die anderen gar nicht bewußt, daß jemand die Blumen besorgt haben muß. Falls doch, verabreden Sie einen Ausgleich (zum Beispiel einen Beitrag in die Kaffeekasse).
- Ihre Kollegin kommt immer erst zur Arbeit, wenn Sie schon mittendrin stecken. Sie vermittelt Ihnen damit das Gefühl, daß Sie sich für die Firma einsetzen, während

andere sich diverse Freiheiten herausnehmen. Poltern Sie nicht spontan los, aber werden Sie deutlich und konkret. Erklären Sie, warum Sie das Zuspätkommen stört. Und gestehen Sie zu, daß das muntere Auftreten der Kollegin manchmal auch guttun kann. Verhandeln Sie über Kompromisse im Arbeitsstil (z. B. stille und gesprächige Phasen vorschlagen).

- Sie vermuten, daß Ihre Arbeit hinter Ihrem Rücken schlechtgeredet wird. Besonders einen Kollegen haben Sie im Verdacht. Sprechen Sie ihn mit viel Mut direkt an, aber nicht vor allen anderen. Warten Sie auf einen Moment, in dem Sie sich besonders selbstsicher fühlen, und fragen Sie nach Gründen. Direktheit entwaffnet, und Antipathie kann sich auch als Unsicherheit des Kollegen entpuppen. Sollten Sie dennoch nicht das Gefühl einer echten Intrige loswerden, können Sie einen neutralen Vermittler (z. B. einen von beiden Seiten akzeptierten Kollegen) einschalten.

Mit der (Selbst-)Analyse der Frustrationen ist der erste wichtige Schritt aus der Isolation getan. Aber wie geht es nun weiter? Wie kann man sich selbst aus der inneren Kündigung herausmanövrieren? Und wie kann man verhindern, daß die Thematisierung zum Eklat ausartet? Und schließlich, wie kann man einen Kollegen ansprechen, der sich offenbar auf dem Weg in die innere Kündigung befindet?

Kein leichtes Unterfangen. Es ist nicht einfach, die Scheinharmonie zu stören, die ein innerlich Gekündigter mit den Jahren um sich herum aufgebaut hat. Über die Fehlentscheidungen des Chefs oder die Defizite anderer Kollegen zu sprechen, mag ihm zwar noch gelingen, die Auseinandersetzung mit dem eigenen Anteil an der unbefriedigenden Lage dagegen fällt naturgemäß schwer. Für den

Betroffenen stellt es sich oft dar, als würde er mit den auf eine Bestandsaufnahme folgenden Auseinandersetzungen und Konsequenzen nur noch mehr Unfrieden unter den Kollegen oder Streit mit dem Chef heraufbeschwören. Warum also an einer Situation rühren, die von außen betrachtet einen ganz ordentlichen Eindruck macht?
Befürchtungen in diese Richtung bestehen leider zu Recht, denn nicht selten haben sich alle Beteiligten auf heimliche Allianzen eingelassen: Dem Vorgesetzten ist es eher unangenehm, offen über die mangelnde Motivation seiner Mitarbeiter zu sprechen – schließlich könnte er als führungsschwach oder sogar unfähig entlarvt werden. Auch die Kollegen haben vielfach kein Interesse an Veränderungen – sie könnten ja dabei feststellen, daß sie einen Anteil an dem Zustand des Kollegen haben oder sogar selbst in innerer Kündigung leben. So kann es passieren, daß man mit der Thematisierung der persönlichen Probleme und Frustrationen zuerst einmal auf eine Mauer des Unverständnisses statt auf spontane Zustimmung und Interesse stößt. Trifft man dann auch noch den falschen Ton oder sind die Firmenstrukturen stark eingefahren, kann es sogar sein, daß man wie ein »Nestbeschmutzer« behandelt wird.
Mit anderen Worten: Es gehört Mut und einige Überwindung dazu, die eigene Arbeitsunlust und vermeintliche Mißstände im Unternehmen anzusprechen. Deshalb kann es ausgesprochen hilfreich sein, erst einmal eine *»neutrale« Person* des Vertrauens einzuweihen. Gerade das Gespräch mit interessierten und aufmerksamen Außenstehenden, die an der eigenen beruflichen Misere nicht beteiligt sind, ist oft besonders geeignet, um sich Klarheit zu verschaffen. Vor allem können »gefahrlos« auch die Aspekte angesprochen werden, die möglicherweise bei den Kollegen auf Unverständnis stoßen oder aus denen mit ein wenig Bösartigkeit sogar Firmengerüchte entstehen könnten. So ist es

zum Beispiel nicht unbedingt ratsam, innerhalb der Firma oder in Anwesenheit des Chefs darüber zu spekulieren, ob man sich nicht besser nach einem anderen Job umschaut.

Auf lange Sicht birgt das Gespräch mit Außenstehenden allerdings eine Gefahr: Es tut zwar gut und kann auf neue Ideen bringen, ändert aber nichts an der Situation. Weil das Gegenüber den Arbeitsalltag nicht aus eigenen Erfahrungen kennt, ist die Chance groß, daß man an der realistischen Lage vorbei nur noch seinen Frust abläd. Das subjektive Bild, das der innerlich Gekündigte zeichnet, verfestigt sich, und irgendwann dreht sich das Gespräch zwangsläufig im Kreis.

Effektiver und deshalb auf Dauer hilfreicher ist das *Gespräch mit Kollegen*. Nehmen wir das Beispiel des mangelnden Kommunikationsflusses. Von anderen zu hören, daß sie ähnliche Probleme haben, also in firmeninternen Belangen ebenfalls uninformiert sind, kann die Chancen zur Veränderung schlagartig erhöhen. Es hilft zu wissen, nicht als einzelner übergangen worden zu sein, sondern daß die ganze Abteilung davon betroffen ist. Entsprechend leichter fällt die Auseinandersetzung mit den Vorgesetzten, denn man weiß nun Kollegen im Rücken, denen es zumindest ähnlich geht. Außerdem kann einem niemand vorwerfen, mangelndes Interesse an der Firma und an der Verbesserung der Situation zu haben. Im Gegenteil: Der konstruktive Austausch mit Kollegen über betriebliche Ärgernisse und Mißstände ist eine Form von Eigeninitiative und damit ein Schritt aus der inneren Kündigung, der auch vom Chef durchaus positiv aufgenommen werden kann.

Die *Aussprache mit dem Vorgesetzten* wird in der Regel ganz zuletzt (und viel zu oft gar nicht) geführt, ist dafür aber entscheidend. Auch hier kann es Überraschungen geben: Ein Chef, der nie die Leistung seiner Angestellten lobt, kann sich, ohne daß ihm jemand die Wirkung seines Führungsverhaltens bewußt macht, nicht ändern. Er müßte also, vorausgesetzt er ist souverän genug, eher dankbar als mißgestimmt sein. Wobei auch hier wieder gilt: Der Ton macht die Musik. Wer zwischen Tür und Angel lospoltert, darf sich nicht wundern, wenn der Angesprochene unwillig reagiert und eine noch so berechtigte Kritik abblockt. Dagegen verschafft sich einen deutlichen Vorsprung, wer einen ruhigen Moment für das Gespräch wählt, sich überlegt hat, was er sagen will und vielleicht sogar schon vorher die Reaktion auf seine Kritik einkalkuliert.

Auch bei ichzentrierten Dispositionen zur inneren Kündigung kann das Gespräch mit dem Vorgesetzten sinnvoll sein. So lassen sich zum Beispiel überhöhte Erwartungen oder die Fehleinschätzung bei der Eigenbeurteilung des Arbeitnehmers ausräumen.

Welcher Weg auch immer eingeschlagen wird – das Gespräch mit unbeteiligten Vertrauten, mit Kollegen, mit dem Vorgesetzten oder – wenn alles nichts nutzt – der Weg zum Arbeitsamt: Es geht darum, aus dem Motivationstal herauszukommen, den größtmöglichen Spaß am Job wiederzuentdecken oder zumindest die Möglichkeit einer Depression zu verhindern. Es geht um die eigene Lebenslust. Und dafür lohnt es sich zu kämpfen, mit oder ohne Hilfe.

Hat sich die innere Kündigung erst einmal als einzig mögliche Lösung festgesetzt, um mit einer unbefriedigenden Situation im Beruf oder in der Partnerschaft »fertigzuwerden«, fällt es um so schwerer, einen anderen Weg einzuschlagen. Deshalb sind oft Initialzündungen nötig, um die eingefahrenen Situationen noch aufbrechen können.

So erging es auch Bettina, einer gelernten Architektin. Bis vor einigen Monaten hätte sie ihre ehelichen Aktivitäten ungefähr so beschrieben: Ihr Mann, mit dem sie seit 14 Jahren verheiratet ist, kommt um halb sieben Uhr abends nach Hause. Sie fragt ihn: »Wie war dein Tag?« Er antwortet: »Ganz gut, und deiner?« Sie sagt: »Auch gut.« Die beiden Kinder, 15 und 16 Jahre alt, sind meistens unterwegs. Bettina deckt den Tisch, manchmal hilft ihr Mann mit. Oder er ruht sich »einen Moment« auf dem Sofa aus. Die beiden essen gemeinsam und unterhalten sich über die wichtigsten organisatorischen Dinge oder die Kinder. Dann setzt er sich vor den Fernseher, sie wäscht ab und räumt die Küche auf. Gelegentlich setzt sie sich zu ihm vor den Fernseher. Dann gehen sie zu Bett.

Trotz dieses Nebeneinanderher wäre damals keiner der beiden auf die Idee gekommen, sich scheiden zu lassen. »Oberflächlich lief ja alles normal«, und Bettina zuckt bei diesen Worten noch heute unwillkürlich mit den Schultern, »außerdem hatte ich immer meine Schwester vor Augen, der es nach ihrer Scheidung so schlecht ging.« Und dennoch kommt es ihr im Rückblick so vor, als »hätten wir gar nicht wirklich zusammengelebt«. Sie hatten einfach das Interesse aneinander verloren. Jeder führte sein eigenes Leben, an dem der andere nahezu keinen Anteil mehr hatte. »Wir lebten wohl beide mit dem Gefühl, den anderen so gut zu kennen, daß wir gar nicht mehr fragen mußten, um uns zu verstehen«, sagt Bettina. »Wir waren regelrecht verstummt, und das Schockierendste daran war, daß ich nichts, aber auch gar nichts davon bemerkt habe.«

Erst als Bettina von Freunden erfuhr, daß ihr Mann eine Affäre im Büro gehabt hatte, schlug ihre Lethargie schlagartig in Wut um. Sie schrie ihren Mann seit langer Zeit zum ersten Mal wieder an, und als ihn auch das nicht zum Reden brachte, zog sie kurzentschlossen zu ihren Eltern. Von dort schrieb sie ihm einen Brief, in dem sie sich alles das von der Seele redete, was sie sich bis dahin nie getraut hatte auszusprechen. Als sie den Brief fertig hatte, war ihr klar, daß der Grund des Ehestreits, die heimliche Affäre, nur noch am Rande wichtig war. Auch für ihren Mann war die Distanz beim Briefeschreiben offenbar groß genug. Er antwortete mit über 15 eng beschriebenen Seiten. Bettina erfuhr plötzlich von Dingen, von denen sie nie gedacht hätte, daß sie ihn überhaupt beschäftigen würden. Ein paar Briefe lang ging es hin und her, dann trafen sie sich, »aufgeregt wie beim ersten Mal« (Bettina), in einem Café. »Es war ganz merkwürdig. Dadurch, daß wir uns so viele Dinge geschrieben hatten, die vorher tabu waren, und uns trotzdem wiedersahen, konnten wir uns auf einmal streiten. Und das ohne meine ständige Angst, daß unsere Ehe beim ersten bösen Wort sofort zu Staub zerfallen könnte.«

Persönliche Checklisten

Zur fortgeschrittenen inneren Kündigung gehören mehr oder weniger feste Mauern, hinter denen sich die Anlässe einer grundlegenden Unzufriedenheit verstecken. Die entscheidenden Fragen zur Veränderung sind deshalb »Wie kann ich mir wieder Zugang zu mir selbst verschaffen?« und »Wie kann ich die Scheu überwinden, auch ›häßliche‹ Gefühle wie Wut, Haß, Frust und Langeweile dem Partner, dem Chef oder den Kollegen gegenüber zuzulassen und als Ausdruck einer unbefriedigenden Situation zu erkennen?«
Es gibt verschiedene Wege, sich über seine Situation klar zu werden (wenn man es wirklich will). Sich im stillen Kämmerlein seine Gedanken machen oder das Gespräch mit Freunden oder dem Partner direkt suchen – alles ist sinnvoll, was die eigene Unzufriedenheit aufdecken hilft.
Weil konkrete Anhaltspunkte aber oft einen besseren Zugang bieten als ein allgemeines Grübeln über das »große Ganze«, sind diesem Buch zwei »Persönliche Checklisten« beigefügt. Die erste stellt Fragen nach der inneren Kündigung in der Partnerschaft, die zweite nach der beruflichen inneren Kündigung (Antworten, die auf eine innere Kündigung hinweisen, sind mit einem IK bezeichnet).
Natürlich kann es sich dabei nur um eine willkürliche Auswahl von Indizien handeln. Das haben Fragebögen so an sich. Es bleibt deshalb dem Leser überlassen, welche Bedeutung er jeder einzelnen Frage beimißt. So kann es passieren, daß man manchen IK-Punkt findet, der auf die eigene Situa-

tion zutrifft, aber nicht mit einer subjektiv empfundenen inneren Kündigung verbunden wird. Daher bietet es sich an, die Checkliste zu überprüfen, indem man eine ehrliche Einschätzung der eigenen Ziele und Wünsche versucht: Will ich überhaupt Karriere machen, oder sind mir andere Dinge im Leben wichtiger? Wieviel Verantwortung will ich in meiner Partnerschaft tatsächlich übernehmen? Entspricht es meinem Naturell, mich mit den Kollegen über die Arbeit auszutauschen, oder bin ich auch sonst eher ein Einzelgänger? Liegt es wirklich an mangelnder Liebe und fehlendem Interesse meines Partners, daß er abends immer müde ist? Ist es mir wirklich wichtig, einen regen Austausch mit dem Chef zu pflegen? Oder ist es mir ganz recht, wenn andere die Entscheidungen für mich treffen?
Zur Vollständigkeit der Selbstanalyse empfiehlt es sich, die eigenen realistischen Möglichkeiten zur Veränderung der unbefriedigenden Situation, jeweils bezogen auf die IK-Hinweise durch die persönliche Checkliste, zu notieren. So stellen Sie fest, wie Ihre Bedürfnislage aussieht und wo Sie die besten Chancen zu realen Veränderungen haben.

Checkliste Partnerschaft

Äußere Indizien für innere Kündigung

Ihr persönliches Engagement wird von Ihrem Partner oft als selbstverständlich angesehen?
Ja (IK)______ Nein______

Mit Ihrem Partner können Sie grundsätzlich über alles reden?
Ja______ Nein (IK)______

Ihr Partner trägt Ihre persönlichen Entscheidungen grundsätzlich mit?
Ja_____ Nein (IK)_____

Sie sind finanziell von Ihrem Partner abhängig?
Ja (IK)_____ Nein_____

Bei persönlichen Entscheidungen im Beruf legt Ihr Partner Wert auf Ihre Meinung?
Ja_____ Nein (IK)_____

Wichtige Entscheidungen im Haushalt, für den Urlaub, die Finanzen oder die Kinder treffen Sie in der Regel gemeinsam?
Ja_____ Nein (IK)_____

Ihr Partner weiß in der Regel gut darüber Bescheid, womit Sie gerade beschäftigt sind?
Ja_____ Nein (IK)_____

Engagiert sich Ihr Partner im Haushalt?
Ja_____ Nein (IK)_____

Freuen Sie sich, abends Ihren Partner zu sehen?
Ja_____ Nein (IK)_____

Sie haben häufig den Eindruck, daß Ihnen Ihr Partner gar nicht richtig zuhört?
Ja (IK)_____ Nein_____

Ihr Partner benutzt Sie mehr als seelischen Mülleimer denn als echten Gesprächspartner?
Ja (IK)_____ Nein_____

Es gibt keine Überraschungen mehr. Sie haben das Gefühl, wenn es nach Ihrem Partner ginge, wird es ewig so weitergehen?
Ja (IK)_____ Nein_____

Ihr Partner interessiert sich für Ihre beruflichen Ambitionen?
Ja_____ Nein (IK)_____

Ihr Partner geht allen Auseinandersetzungen mit Ihnen aus dem Weg?
Ja (IK)_____ Nein_____

Es ist oft mühsam, auch nur eine Kleinigkeit in Ihrem gemeinsamen Alltag zu ändern?
Ja (IK)_____ Nein_____

In schwierigen Situationen fühlen Sie sich oft von Ihrem Partner alleingelassen?
Ja (IK)_____ Nein_____

Entscheidungen im Haushalt überläßt Ihr Partner regelmäßig Ihnen?
Ja (IK)_____ Nein_____

Geld ist ein ständiges Problem, obwohl es eigentlich reichen müßte?
Ja (IK)_____ Nein_____

Aufgrund verschiedener Erfahrungen vertrauen Sie Ihrem Partner nur bedingt?
Ja (IK)_____ Nein_____

Ihr Partner äußert sich häufig abfällig über das, was Sie machen?
Ja (IK)_____ Nein_____

Die meisten Ihrer Freunde mögen Ihren Partner?
Ja_____ Nein (IK)_____

Sie schämen sich häufig für das Auftreten Ihres Partners?
Ja (IK)_____ Nein_____

Indizien für innere Kündigung, die eher von Ihnen selbst ausgelöst wird

Sie haben das Gefühl, etwas in Ihrer Partnerschaft ändern zu können, wenn es Ihnen am Herzen liegt?
Ja_____ Nein (IK)_____

Es gibt viele Dinge, über die Sie sich aufregen, von denen Sie aber Ihrem Partner nichts erzählen?
Ja (IK)_____ Nein_____

Sie fühlen sich in Ihrer Beziehung unterfordert?
Ja (IK)_____ Nein_____

Sie fühlen sich in Ihrer Beziehung überfordert?
Ja (IK)_____ Nein_____

Sie ärgern sich hauptsächlich über Kleinigkeiten?
Ja (IK)_____ Nein_____

Wenn Sie etwas stört, Sie aber noch nicht genau wissen was, sprechen Sie dennoch mit Ihrem Partner darüber?
Ja_____ Nein (IK)_____

Fühlen Sie sich neben Ihrem Partner oft angespannt?
Ja (IK)_____ Nein_____

Sie träumen oft von einer Sexualität, die Sie mit Ihrem Partner nicht haben?
Ja (IK)_____ Nein_____

Sie gestalten gern Ihre gemeinsame Wohnung, stellen z. B. gelegentlich die Möbel um?
Ja_____ Nein (IK)_____

Am wichtigsten ist Ihnen, daß im Privatleben alles reibungslos läuft?
Ja (IK)_____ Nein_____

Ihre persönliche Bestätigung holen Sie sich mehr im Beruf als zu Hause?
Ja (IK)_____ Nein_____

Ihrem Partner erzählen Sie nur das Nötigste, alles andere besprechen Sie lieber mit guten Freunden oder behalten es für sich?
Ja (IK)_____ Nein_____

Wenn Sie ehrlich sind, ist es Ihnen ziemlich egal, was Ihr Partner denkt?
Ja (IK)_____ Nein_____

Sie versuchen, Ihren Partner für Ihre Interessen zu begeistern?
Ja_____ Nein (IK)_____

Es kommt immer häufiger vor, daß Sie über gemeinsame Unternehmungen sprechen, an die Sie eigentlich gar nicht wirklich glauben?
Ja (IK)_____ Nein_____

Eigentlich würden Sie gern einmal ohne Ihren Partner Urlaub machen, trauen sich aber nicht, diesen Wunsch zu äußern?
Ja (IK)_____ Nein_____

Sie wissen eigentlich immer gut Bescheid, womit Ihr Partner gerade beschäftigt ist?
Ja_____ Nein (IK)_____

Sie pflegen Ihre Freundschaften außerhalb der Beziehung?
Ja_____ Nein (IK)_____

Enge Freunde von Ihnen sind immer auf dem laufenden über das, was Ihre Beziehung angeht?
Ja_____ Nein (IK)_____

Sie mögen die meisten ihrer/seiner Bekannten?
Ja_____ Nein (IK)_____

Das Bild, das Ihr Bekanntenkreis von Ihrer Partnerschaft hat, entspricht nicht der Realität?
Ja (IK)_____ Nein_____

Sie sprechen mit Ihren vertrauten Freunden nur noch selten über die Probleme in Ihrer Partnerschaft, weil es »ja doch immer um das gleiche geht«?
Ja (IK)_____ Nein_____

Wenn Sie zusammen ausgehen, achten Sie darauf, was Sie anziehen?
Ja_____ Nein (IK)_____

Sie versuchen, Gewohnheiten zu ändern, die Ihren Partner stören?
Ja_____ Nein (IK)_____

Bei Auseinandersetzungen haben Sie regelmäßig das Gefühl, unterlegen zu sein?
Ja (IK)_____ Nein_____

Wenn Sie sich mit Ihrem Partner gestritten haben, brauchen Sie sehr lange, bis Sie ihm verziehen haben?
Ja (IK)_____ Nein_____

In Krisensituationen denken Sie nur noch an die Kinder und die gemeinsamen Anschaffungen?
Ja (IK)_____ Nein_____

Sie wissen, wie Sie Ihre Vorstellungen durchsetzen können, ohne daß Ihr Partner etwas davon merkt?
Ja (IK)_____ Nein_____

Sie haben Angst davor, daß beim nächsten Krach Schluß sein könnte?
Ja (IK)_____ Nein_____

Sie beneiden viele Ihrer Freunde um deren gute Beziehungen?
Ja (IK)______ Nein______

Sie stellen sich oft vor, wie die Zukunft mit Ihrem Partner aussehen könnte?
Ja______ Nein (IK)______

Sie haben Vorstellungen und Pläne, was Sie privat erreichen wollen?
Ja______ Nein (IK)______

Checkliste Beruf

Wilfried Echterhoff, Autor des Buches *Wieder Freude am Beruf*, hat eine Checkliste zur persönlichen Standortbestimmung entworfen. Der Fragenkatalog, der »die Einflüsse auf die Entstehung oder die Verstärkung der inneren Kündigung verdeutlichen« helfen kann, soll hier wiedergegeben werden, weil er die wesentlichen Anzeichen für eine beginnende oder schon fortgeschrittene innere Kündigung enthält.

Persönliches

Ihr Lebenspartner trägt Ihr berufliches Engagement mit.
Ja______ Nein (IK)______

Im Privatleben finden Sie mehr Anerkennung als in Ihrem Job.
Ja (IK)______ Nein______

Ihre Tätigkeit hat ein geringes gesellschaftliches Ansehen.
Ja (IK)_____ Nein_____

Sie ärgern sich häufig.
Ja (IK)_____ Nein_____

Unternehmensbedingte Gründe

Ihre Einkommenserwartungen liegen deutlich über dem tatsächlich gezahlten Gehalt.
Ja (IK)_____ Nein_____

Ihre Tätigkeit bietet Ihnen angenehme fachliche Freiräume.
Ja_____ Nein (IK)_____

Ihre Arbeitssituation bietet wenig inhaltliche Anreize.
Ja (IK)_____ Nein_____

Ihrem Engagement entspricht das Engagement des Betriebs.
Ja_____ Nein (IK)_____

Mit den Zielen Ihres Betriebs stimmen Sie überein.
Ja_____ Nein (IK)_____

Ihr Betrieb bietet vielfältige Aufstiegsmöglichkeiten.
Ja_____ Nein (IK)_____

Ihre Verpflichtungen bieten wenig Freiheitsspielräume.
Ja (IK)_____ Nein_____

Ihr Betrieb verlangt von Ihnen viel eigenes Gestalten.
Ja_____ Nein (IK)_____

Sie sind in Ihrem Betrieb eine anonyme Nummer.
Ja (IK)_____ Nein_____

In Ihrem Betrieb funktioniert nur wenig richtig.
Ja (IK)_____ Nein_____

Ihre Arbeit ist sehr leicht.
Ja (IK)_____ Nein_____

Ihre Arbeit ist sehr schwer.
Ja (IK)_____ Nein_____

Andere erhalten im Betrieb mehr Belohnungen als Sie.
Ja (IK)_____ Nein_____

Sie wissen, wofür Sie Verantwortung tragen sollen.
Ja_____ Nein (IK)_____

Veränderungen im Betrieb können Sie vorhersehen.
Ja_____ Nein (IK)_____

Ihr Betrieb bietet Weiterentwicklungsmöglichkeiten.
Ja_____ Nein (IK)_____

Ihre Vorschläge kommen gut an.
Ja_____ Nein (IK)_____

Ihre Entscheidungen sind im wesentlichen erfolgreich gewesen.
Ja_____ Nein (IK)_____

Fehlentscheidungen können Sie sich nicht mehr leisten.
Ja (IK)_____ Nein_____

Verhalten von Kollegen und Mitarbeitern

Ihre Kollegen und Mitarbeiter erzählen Ihnen viel Privates.
Ja_____ Nein (IK)_____

Sie treffen sich mit Kollegen und Mitarbeitern auch in der Freizeit.
Ja_____ Nein (IK)_____

Bei Ihnen bleibt vieles Unangenehmes hängen.
Ja (IK)_____ Nein_____

Sie werden selten richtig informiert.
Ja (IK)_____ Nein_____

Ihnen wird bei der Arbeit, insbesondere bei schwierigen Aufgaben geholfen.
Ja_____ Nein (IK)_____

Im Betrieb haben Sie zwei oder drei Freunde.
Ja_____ Nein (IK)_____

Sie besprechen im Kollegenkreis auch persönliche Sorgen und Probleme.
Ja_____ Nein (IK)_____

Bei hohem Arbeitsanfall ist die Zusammenarbeit mit Kollegen und Mitarbeitern schon ziemlich schlecht.
Ja (IK)_____ Nein_____

Die Zusammenarbeit ist von Vertrauen geprägt.
Ja_____ Nein (IK)_____

Kollegen und Mitarbeiter legen Wert auf Ihren Rat und Ihre Unterstützung.
Ja_____ Nein (IK)_____

Verhalten der Führungskräfte

Ihre Vorgesetzten mögen Sie irgendwie.
Ja_____ Nein (IK)_____

Ihre Vorgesetzten haben so manche Ihrer Fehlentscheidungen mitgetragen.
Ja_____ Nein (IK)_____

Ihre Vorgesetzten informieren Sie unvollständig.
Ja (IK)_____ Nein_____

Ihre Vorgesetzten sind eher zufällig nach oben gekommen.
Ja (IK)_____ Nein_____

Sie werden von Ihren Vorgesetzten so gut wie nie an Entscheidungen beteiligt.
Ja (IK)_____ Nein_____

Viele Ziele und Vorgaben stammen von Ihnen.
Ja_____ Nein (IK)_____

Sie werden immer wieder überraschend kontrolliert.
Ja (IK)_____ Nein_____

Ihre Vorgesetzten werden oftmals ziemlich laut.
Ja (IK)_____ Nein_____

Ihre Vorgesetzten befehlen gern.
Ja (IK)_____ Nein_____

Ihre Vorgesetzten hören Ihnen zu, wenn Sie sie informieren und Sie ihnen Vorschläge erläutern.
Ja_____ Nein (IK)_____

Ein umfassendes »äußeres« Analysemodell zur inneren Kündigung hat Prof. Martin Hilb von der Hochschule St. Gallen entwickelt. Dabei handelt es sich um eine Umfrage, die mit einzelnen Mitarbeitern, besser aber mit der ganzen Abteilung oder Belegschaft durchgeführt werden kann. Die Befragten werden mit Aspekten konfrontiert, die symptomatisch sind als Gründe für eine Emigration nach innen. Sie selbst sollen einschätzen, für wie wichtig oder unwichtig sie im allgemeinen diese Aspekte halten. In einem zweiten Durchgang nehmen die Mitarbeiter zu den Faktoren erneut Stellung, dieses Mal aus einer anderen Sicht. Jetzt steht die Umsetzung im eigenen Unternehmen auf der Tagesordnung. Der Befragte kann damit zufrieden, einigermaßen zufrieden oder gar nicht zufrieden sein.

Bei der Auswertung dieser Fragebögen (vorausgesetzt, der Mitarbeiter hat ehrlich geantwortet) zeigen sich fast immer die Defizite. Hat der Befragte beispielsweise angegeben, daß er Fortbildung für sehr wichtig hält, damit aber in seinem eigenen Betrieb höchst unzufrieden ist, offenbart sich eine außenzentrierte Disposition zur inneren Kündigung. Je häufiger und deutlicher die Unterschiede sind, desto größer ist die Wahrscheinlichkeit, daß der Mitarbeiter tatsächlich gerade dabei ist, sich innerlich zurückzuziehen. Und führt man eine solche Diagnose mit der kompletten Belegschaft durch, zeigt sich auch, ob es sich bei der inneren Kündigung um einen Einzelfall handelt, ob eine bestimmte Abteilung besonders betroffen ist oder ob es offenbar einen »gemeinsamen Nenner« gibt, der für die innere Kündigung vieler verantwortlich ist.

Hilfe von außen

Es ist nicht ganz einfach, Experten oder Institutionen zu benennen, die im Falle einer inneren Kündigung in der Partnerschaft konkret und kompetent Hilfestellungen geben können. Das hat einen schlichten Grund: Es gibt zwar Analytiker und Gesprächstherapeuten, Familienberater, Paartherapeuten und sogar »Mobbing«-Experten, aber (noch) keine wirklichen Spezialisten für innere Kündigung. Denn die innere Kündigung deutet auf ein umfassendes Lebensgefühl, hinter dem sich viele kleine und größere Enttäuschungen, Kränkungen und Probleme verbergen. Erschwerend kommt hinzu, daß es zum Wesen der inneren Kündigung gehört, daß die Betroffenen eben gerade nicht »ertappt« werden wollen.
Wer dennoch anonymen Rat – für sich selbst, einen Bekannten oder für den Partner – sucht, kann sich an die Telefonseelsorge wenden. Dort sitzen in der Regel »allgemeine Experten«, die in einer akuten Krisensituation entweder selbst für ein Gespräch zur Verfügung stehen oder, wenn sie sich von der Problematik überfordert fühlen, ausgewählte Psychologen oder Beratungsstellen empfehlen können.

Die telefonischen Beratungsstellen sind rund um die Uhr besetzt und in Deutschland einheitlich unter der Nummer 1 11 01 oder 1 11 02 (von außerhalb mit der entsprechenden Vorwahl) zu erreichen. Jeder Anrufer oder Anruferin wird unabhängig von konfessioneller Bindung beraten. Diese

Sondernummern haben keinen Zeittakt, das heißt, unabhängig von der Länge des Ortsgesprächs wird nur eine Einheit berechnet.

In den neuen Bundesländern sind mittlerweile Telefonseelsorgen in folgenden Städten eingerichtet, die ebenfalls unter der Nummer 11101 oder 11102 zu erreichen sind: Cottbus, Dresden, Erfurt, Gera, Halle, Jena, Magdeburg, Rostock und Schwerin. Im Aufbau befinden sich Bautzen (»Telefon des Vertrauens« mit der Nummer 51 15 10), Potsdam (2 80 44 84) und Zwickau (2 25 97).

Im deutschsprachigen Teil der Schweiz hat »Die dargebotene Hand e.V.« die Zentralnummer 143 in den Städten Aarau, Basel, Bern, Biel, Chur, Luzern, Winterthur und Zürich (falls von außerhalb, mit der jeweiligen Vorwahl).

In Österreich gilt für alle neun Bundesländer die Zentralnummer 1770 mit Sitz in Dornbirn, Eisenstadt, Graz, Innsbruck, Klagenfurt, Linz, Salzburg, St. Pölten und Wien (falls von außerhalb, mit der jeweiligen Vorwahl).

Für die innere Kündigung im Beruf gilt das gleiche Problem wie für die Partnerschaft. Obgleich inzwischen mehrere Bücher und unzählige Artikel in Zeitungen und Zeitschriften zum Thema erschienen sind, gibt es keine Beratungsstellen, die speziell auf die innere Kündigung eingerichtet sind.
Eine Ausnahme bildet das »Institut für Gruppenforschung und -schulung« in Hamburg, das seit einiger Zeit schon Firmen berät, die mit innerer Kündigung vieler Mitarbeiter zu kämpfen haben.
Institut für Gruppenforschung und -schulung GmbH
Bahrenfelder Str. 162
22765 Hamburg

Danksagung

Für entscheidende Recherchehilfen, Mitarbeit und Kritik an diesem Buch möchte ich mich bei Iris Hammelmann, Christiane Jung, Margot von Luck, Micheline Rampe und Karin Herber-Schlapp bedanken. Für das Tagebuch einer inneren Kündigung besonderen Dank an Christina. Und nicht zuletzt stehe ich bei vielen Freunden und Bekannten in der Schuld, die mir in unzähligen und ausführlichen Gesprächen ihre persönliche Geschichte anvertraut haben. Sie waren es schließlich, die mir für viele Aspekte der inneren Kündigung erst die Augen geöffnet haben.

Die Namen und biographischen Daten der meisten Interviewpartner habe ich verändert. Auf deren eigenen Wunsch: Weil die Partner (noch) nichts von ihrer inneren Seelenverfassung wußten, weil sie als Folge eines öffentlichen Bekenntnisses Konsequenzen im Büro befürchteten oder weil sie gerade erst in der heimlichen Auseinandersetzung mit sich steckten.

Literatur

G. R. Bach, P. Wyden: »Streiten verbindet«; Frankfurt 1992

A.-R. Barth: »Burnout bei Lehrern«; Göttingen, Toronto, Zürich 1992

C. Besser, H. Siegmund: »Coach yourself«; Düsseldorf 1992

I. Borg: »Multiple facetisations of work values«; Applied Psychology 1990

C. Botwin: »Die Beziehungsfalle«; München 1991

A. Bruggemann, P. Groskurth, E. Ulich: »Arbeitszufriedenheit«; Bern 1975

M. Burisch: »Das Burnout-Syndrom. Theorie der inneren Erschöpfung«; Berlin 1989

M. Cöllen: »Heilende Partnerschaft«; Reinbek 1993

C. Criss: »Loslassen – Wege aus Sucht und Abhängigkeit«; München 1992

M. Csikszentmihaly: »Flow. Das Geheimnis des Glücks«; Stuttgart 1992

W. C. Ebner: »Der heilsame Ehekrach«; München 1990

W. Echterhoff, M.-L. Rehn: »Erfolgreicher Berufseinstieg«; Düsseldorf 1992

W. Echterhoff, D. Poweleit, R. Weiß: »Weiterbildung im Beruf«; Düsseldorf 1991

W. Echterhoff, D. Poweleit, U. Schindler: »Wieder Freude am Beruf«; Düsseldorf 1994

M. Faller: »Innere Kündigung. Ursachen und Folgen«; München 1993

A. Freud: »Das Ich und die Abwehrmechanismen«; München 1964

H. Freudenberger, G. North: »Burn-out bei Frauen«; Frankfurt 1992

B. Gasch, U. Hess: »Wie behandle ich meinen Chef?«; Wiesbaden 1976

J. Glatzel: »Endogene Depression«; Stuttgart 1973

M. Görden, H. C. Meiser: »Madonna trifft Herkules«; Frankfurt 1994

D. und B. Greenwald: »Manchmal kann ich Dich nicht ausstehen«; Düsseldorf 1983

M. Hilb (Hrsg.): »Innere Kündigung: Eine Einführung«; Zürich 1992

Th. A. Harris: »Ich bin o.k. – Du bist o.k.«; Reinbek 1975

Th. A. Harris, A. B. Harris: »Einmal o.k. – immer o.k.«; Reinbek 1985

R. Höhn: »Die innere Kündigung im Unternehmen: Ursachen, Folgen, Gegenmaßnahmen«; Bad Harzburg 1983

R. Höhn: »Die innere Kündigung in der öffentlichen Verwaltung«; Stuttgart, München 1989
Informationsdienst des Instituts der deutschen Wirtschaft, Nr. 41: »Arbeitszufriedenheit – abhängig von vielem«; 1991
Informationsdienst des Instituts der deutschen Wirtschaft, Nr. 14: »Betriebsklima – Zwei von dreien fühlen sich wohl«; 1992
L. Janda, E. McCormack: »Der zweite Versuch«; Frankfurt 1992
M. Kastner: Personalmanagement heute«; Landsberg 1990
K. Koch: »Zu zweit am Anfang«; München 1991
S. Lermer, H. C. Meiser: »Lebensabschnittspartner. Die neue Form der Zweisamkeit«; Frankfurt 1994
H. Leymann: »Mobbing. Psychoterror am Arbeitsplatz und wie man sich dagegen wehren kann«; Reinbek 1993
K. Linneweh: »Bevor es mich zerreißt. Strategien für ein erfolgreiches Selbstmanagement«; Düsseldorf, Wien, New York 1991
S. Merian: »Der Tod des Märchenprinzen«; Reinbek 1983
W. Mertens, H.-J. Lang: »Die Seele im Unternehmen«; Berlin 1991
E. Meueler: »Wie aus Schwäche Stärke wird«; Reinbek 1989
S. Meyer, E. Schulze: »Balancen des Glücks«; München 1992
G. Pauly: »Mir langt's – Eine Lehrerin steigt aus«; Hamburg 1994
L. J. Peter, R.Hull: »Das Peter-Prinzip oder Die Hierarchie der Unfähigen«; Reinbek 1972
T. Peters: »Jenseits der Hierarchien«; Düsseldorf 1993
K. Rischar: »Schwierige Mitarbeitergespräche erfolgreich führen«; München 1991
C. R. Rogers: »Partnerschule«; Frankfurt 1982
C. R. Rogers: »Entwicklung der Persönlichkeit«; Stuttgart 1983
J. Sandler, A. Freud: »Die Analyse der Abwehr«; Stuttgart 1989
W. Schmidbauer: »Alles oder Nichts. Über die Destruktivität von Idealen«; Reinbek 1980
M. Stadler, F. Seeger, A. Raeithel: »Psychologie der Wahrnehmung«; München 1975
S. Steinbrecher: »Funkstille in der Liebe«; Stuttgart 1990
R. Veenhoven: »Conditions of Happiness«; Rotterdam 1984
J. Weiß: Selbst-Coaching. Persönliche Power und Kompetenz gewinnen«; Paderborn 1990
W. Williams: »Wenn die Liebe erlahmt«; München 1993
R. Wunderer, W. Grunwald: »Führungslehre«, Band 2; Berlin 1980
H. Zeier: »Arbeit, Glück und Langeweile. Psychologie im Alltag«; Bern 1992